詩經人物

呂珍玉 主編

呂珍玉、林增文、黃守正、
施盈佑、趙詠寬、王安碩 等著

黃序．人物——《詩經》文本的靈魂

黃忠慎

《詩經》中值得考察的主題極多，「人物」是其中的一個。

在研究《詩經》人物之時，當知就《詩經》的編纂動機、過程，與三百篇的內容、本質而言，有經學的《詩經》，有史學的《詩經》，也有文學的《詩經》。文學與史學的《詩經》描述、刻畫人物，經學的《詩經》議論、評價人物。

從《詩經》的內容，我們看到了當年的很多事件、情狀與現象，這些事件、情狀、現象都是當時的人物構築出來的，所以，如同《尚書》、《左傳》等經典，人物是《詩經》文本的靈魂。

《詩經》有〈風〉、〈雅〉、〈頌〉之不同單元，其內容、音樂性質與作者身分也大不相同。宋儒鄭樵《六經奧論》：「〈風〉者，出於土風，大槩小夫、賤隸、婦人、女子之言，其意雖遠，其言淺近重複，故謂之風。〈雅〉出於朝廷士大夫，其言純厚典則，其體抑揚頓挫，非復小夫、賤隸、婦人、女子能道者，故曰雅。〈頌〉者，初無諷誦，惟以鋪張勳德而已，其辭嚴，其聲有節，不敢瑣語褻言，以示有所尊，故曰頌。」《六經奧論》並非全部出自鄭樵之手，但這不是關鍵所在，且根據朱鑑的《詩傳遺說》，或問朱子：「誦《詩》三百，何以見其必達於政？」朱子答曰：「其中所載可見有如小夫、賤隸、閭巷之間至鄙俚之事，君子平日耳目所不曾見聞者，其情狀皆可因此而知之。」基本上，三百篇的創作者有民間百姓，也有貴族或統治階級。民間百姓的作品主要表現在〈國風〉中，貴族或統治階級的作品主要收於〈雅〉、〈頌〉之中。不過，《詩經・國風》所收之作多半是經過潤色之後的民間歌謠，不是創作當時的本來面目，而且，其中可能也有不少是貴族文人的直接創作或仿作，研究《詩經》人物，不能不考慮到這個層面。

至於三百篇所描述、議論者，則遍見於〈風〉、〈雅〉、〈頌〉三大單元。根據王靜芝先生《詩經通釋》所作的分類，三百篇之內容包括，「民間歌謠」：戀歌、結婚之歌、感傷之歌、和樂之歌、祝賀之歌、悼歌、讚美之歌、農歌、諷刺之歌、勞人思婦之歌、其他；「貴族與廟堂樂歌」：宴樂之歌、頌禱之歌、祀宗廟之歌、祀神之歌、田獵之歌、頌美之歌、述先王功績聖德之歌、記戰事之歌、諷刺之歌、其他。王氏又謂：「各詩屬於〈風〉者，多屬抒情之作；屬於〈雅〉者，抒情、敘事參半；屬於〈頌〉者，多屬敘事」。無論是哪一方面的內容，或採取什麼樣的方式創作，人物永遠是詩歌的中心。

《詩經》所收之作，其創作時期從西周初期至東周春秋中葉，歷時五百年，要理解那五百年的政治人物，我們當然也可以借助幾種著名的經史之作，例如《尚書》、《左傳》、《史記》……等，但是，要比較生動地理解那五百年之間的各階層人物之生活、思想，從中探知其中的風土人情，《詩經》仍是相對較為直接與可靠的文本。

這本由呂珍玉教授主編，年輕學子合力完成的《詩經人物》，以「不知名的小人物」為主要的書寫對象，這是可以理解的，畢竟，初學者擁抱的幾乎都是「文學的《詩經》」，所以當呂教授表示她「一直以為同學應該會對歷史人物古公亶父、公劉、文王、武王、周公、召公、成王、尹吉甫、衛文公……比較有興趣，沒想到收來作品一篇也沒有知名人物的書寫，反倒是那些不知名的小人物愛情、生活艱辛才是他們集中書寫的對象」時，我並不覺得訝異。然而，《詩經》中的人物畢竟不是僅靠當年的民間百姓就能構建完成，期待呂珍玉教授可以再策劃《詩經人物》之續編。

如果呂教授繼續領銜編纂《詩經人物》，我希望執筆的年輕人不要輕忽了《詩序》對詩篇的詮釋。《詩序》的解詩宗旨在求善，而其釋詩內容也儘量力求有所憑藉，在此僅舉一例，《詩序》詮解〈邶風・綠衣〉：「〈綠衣〉，衛莊姜傷己也。妾上僭，夫人失位而作是詩也。」詩的本義是否如此，當然無人可以肯定，但也無人可以徹底否定《詩序》之言。清儒崔述擅長以史說詩，其所重者在求真，故在其所著《讀風偶識》中，只因《左傳》無莊姜失位而不見答之事，就一口咬定《序》說不可信，其實《左傳》記事原非巨細靡遺，否則百倍篇幅亦不敷使用，況且《左傳》原本就有莊姜美而無子、莊公寵幸嬖妾之子州吁之記載，《詩序》之說還是有幾分的事實根據的。既然如此，我們在關切《詩經》人物的時候，衛莊公、莊姜就可以列入考察的對象中，依此可以類推。是為序。

黃忠慎

序於彰化師大

二〇一七年三月

編序・終不可諼兮

呂珍玉

《詩經》經典現代化寫作已出版《閱讀詩經》、《詩經的智慧》、《詩經中的生活》、《詩經文藝》四本書了，帶領學生賦予經典新生命、新面貌，這是我講授「詩經」課程的重要目標，每年期末我都抱著莫名興奮，期待收到一篇篇創新可喜之作。

這學期寫作主題是《詩經》人物，任何作品都「此中有人」，《詩經》是周人生活畫卷，此中人物有天子、后妃、諸侯、夫人、朝臣、征夫、農夫、獵人，以至一般庶民，知名或不知名的，都可提供寫作題材。但詩畢竟不像小說，具有曲折的故事，鮮明的人物形象，如何通過精簡的抒情，在詩意允許的範圍內，想像詩中人物的情感與性格特質，相對於小說就困難許多了。

我一直以為同學們應該會對歷史人物古公亶父、公劉、文王、武王、周公、召公、成王、尹吉甫、衛文公……比較有興趣，沒想到收來作品一篇也沒有知名人物的書寫（後來幾位年長學生在我央求下，寫作了幾篇，勉強彌補些缺失），反倒是那些不知名的小人物愛情、生活艱辛才是他們集中書寫的對象。大年初一正好收到去年武漢大學交換生張曼舒傳來電郵，她說期望我到武漢一遊，要陪我去洛陽參觀天子六駕博物館、還有到湖北房縣尹吉甫的故鄉探訪。是啊！自己研究《詩經》多年，對於詩中名物「良馬六之」，都難以想像六匹馬如何駕車？還有尹吉甫是何許人？雖然可以從文獻上查找資料，知道他是厲、宣、幽三代重臣，〈六月〉寫他率軍討伐玁狁大捷，〈崧高〉、〈烝民〉寫他作詩送申伯營謝、仲山甫營齊；〈兮甲盤〉記錄他隨宣王伐玁狁功成受賞，然而這些都是冷冰冰的歷史記載，讀者還是很難親近如此遙遠的歷史人物，若能親臨他的故鄉，感受一下當地風光水土，鄉民對他的傳頌記憶，這樣或許能增加一些溫度，拉近一點距離，這樣的感覺在我也要下筆寫幾篇時更加強烈了。於是我縱容他們隨心所欲悠遊詩中，選擇讀後「終不可諼兮」的人物書寫，因此婚戀詩〈漢廣〉、〈靜女〉、〈氓〉、〈谷風〉、〈褰裳〉……紛紛登場。

　　《詩經人物》作者除了大學部三、四年級選課學生外，我個人也身先士卒寫了六篇，還邀請幾位博士生、現職教師參與。一共集結四十九篇作品，文字風格、表現形式各異其趣，頗能呈現不同讀者對詩義的體會。在編排次序上，以寫作內容涉及〈風〉、〈雅〉、〈頌〉出現篇章先後為序。《詩經》現代化寫作，是件值得持續進行下去的工程，然而需要極大的熱誠和毅力，非常感謝歷年修課同學的認同，總是願意嘗試開創。「詩經人物」的寫作，如何透過少量的文字訊息，精準呈現人物特質，似乎不是一件容易的事。有些同學交來的作品，寫寫就偏離以人物為核心，談論到詩的內容，或者思想文化議題上去了。當然多數同學還是能揣摩詩境，想像詩中人物的情感，現實遭遇，讓他們走出經典，來到二十一世紀的今天。年輕學子的想像力豐富，思考角度活潑，有些連結出人意外，也往往令人驚喜不已，這是我一直不願放棄的最大動力。

連續幾年過年期間整理同學的稿件，走過歲月痕跡之感更加強烈，教學生涯即將畫下終點。回首一生教學，到底留下些什麼？好像很難估量，印象最真切的還是「詩經」課程，學生從完全不懂，逐漸進入如何閱讀經典，體會經典不斷被傳承、被詮釋，中文系學生該如何繼承轉化經典？能引導本來就具有良好文字書寫能力的他們寫作，透過他們的文字，轉化成現代讀者較容易接受的方式，吸引更多人願意親近經典，從中學習想得到的東西。寒夜撰寫編序，看著他們的作品，心中特別溫暖踏實，已經發芽的種子，距離成長應該不會太遠了吧！

《詩經人物》能順利出版，要特別感謝彰化師範大學國文系黃忠慎教授撰寫序言嘉勉、教育部教學卓越計畫經費補助、家兄民決提供插圖照片、萬卷樓圖書公司張晏瑞副總編和蔡雅如編輯的辛勞，還有熱愛經典、熱愛文學，勤於筆耕的同學們。

呂珍玉
撰於新莊樂知居

民國一〇六年二月十日

目次

說一個關於「你」的故事

蔡定昌

你走在一條石子路上，這是一條通往江邊的小徑，兩旁是低矮的灌木叢。大概才五更天而已，所以天空尚是灰暗無明的；冬至溼冷的空氣刺的你全身發疼，讓你寸步難行。你本來可以好好的在家睡覺，但是緊湊的生活逼著你要起床工作。你是一個擺渡的人。

你走到了渡口，鬆開了船頭上摸起來硬刺的麻繩，穿起了蓑衣戴上斗笠，拿起一支長長的竿子，慢慢的推著水裡的泥沙，推著推著，離開了岸邊，你拿起船棹，欸乃欸乃的划著；對著滾滾不停的江水，源遠流長的江面，好像世界上只剩你一人，時間似乎停留在這嘩嘩的水聲之中。你下意識的唱起歌來；「南有喬木，不可休思。漢有游女，不可求思。……」

這時你不知為什麼，好像被歌所牽引著、迷惑著，掉進了回憶的漩渦中……

還記得那是一個溫柔的午後，暮春時節的氣溫，讓人昏昏欲睡。你正在船上釣著魚，打發午後時光──忽然，你下意識的抬起頭來，正好對上了那雙閃耀著光芒的媚眼。你的心像是觸電了一樣，顫顫地說不出話來。她手裡拿著剛摘下的鮮花，也看著你微笑；你突然發現一直盯著她看很不禮貌，便也回敬一個微笑，尷尬的划開了船。但是不經意的相遇總是最令人難忘的，往往只要一剎那的時間，就足以使你永遠掛在心上。於是你隔天又在岸邊尋找伊人美麗的身影，居然還讓你找到了。她依然採著鮮花，臉龐美麗的不可方物。「好巧喔！」你說。她抬頭看著你，露出淺淺的微笑；這就是你們初次相遇的經過。

後來你每天划船找她，她也天天出現在那裡，你們越來越熟悉彼此。直到一個月後，有一天你突然找不到她了，你以為她只是今天沒出來而已，可是又過了一個禮拜，你還是沒看到她。你擔心她是不是生病了，決定去找她。你下了船，走向城鎮，可是你並不知道她住在哪裡，你沿途問人，形容她的長相面貌。後來，你找到了一處宅院前，除了高大的門戶和青亮的磚瓦外，棟樑和窗牖上都裝飾了紅色的絲帶，再靠近門前看，可以發現雙喜字成對的貼在上面。你舉起手敲著門，一個中年男子開了門，問你找誰；你把她的容貌又形容了一遍，好似那臉就長在你的身上。

那男子說你要找的正是他家小姐，又問你是她的誰。「朋友」你說。他懷疑的打量著你，說小姐最近要準備喜事，沒空搭理你。隨即要關上門；你急中生智的拉住門板，那男子面有慍色的說要報官，你說：「您家有沒有缺僕役的？我不需要拿工資，只要給我三餐和住的地方就好。」他神色稍緩，表情有些遲疑，似乎正在思索什麼。過了一會兒，他說最近為了辦喜事，正好缺人手，可是如果你做得不好，或有任何可疑的行為，就別怪他不客氣了。他把你領到馬廄，讓你照料新郎的馬匹，還讓你去準備婚禮要用的材薪。你毫無怨言的做好工作，甚至比對自己的溫飽還要重視。因為你歡喜的希望她能得到幸福，可是心裡頭又有一點說不出的感覺。之後，你從別的僕役口中得知，這家人是姬姓的世族後代；此次小姐正要與楚國公子聯姻。你只在旁聽著默不作聲。

到了出嫁那天，浩大的隊伍朝著楚國開去，僕役是沒辦法跟隨的，但是你偷偷的跑了出去，划著你的竹筏，偷偷的跟在後面，那浩蕩又無情的江水，不斷的把你往後推著，你只能眼睜睜地看著隊伍越走越遠……越走越遠……最後消失不見。

後來你任憑竹筏隨波漂蕩，讓它擱淺在州渚之上，你在筏上待了三天，整理你的心情。你發現世上有些事情，是沒法改變的，我們只能眼睜睜地讓它發生，最後結束……於是你低吟著這首歌：

南有喬木，不可休思。漢有游女，不可求思。漢之廣矣，不可泳思。江之永矣，不可方思。

翹翹錯薪，言刈其楚。之子于歸，言秣其馬。漢之廣矣，不可泳思。江之永矣，不可方思。

翹翹錯薪，言刈其蔞。之子于歸，言秣其駒。漢之廣矣，不可泳思。江之永矣，不可方思。

天色漸漸黯沉下來，東方山月緩緩升起，晚風輕輕吹著，江水悠悠聽見了你的訴說，你就這樣對著江水，唱出這段惆悵失落的愛情。

作者小傳

蔡定昌，出生在臺中的一個平凡鄉鎮，從小不喜讀書，愛打電玩。上大學以前完全沒有想過要到中文系讀書；直到讀了生科系一年半後，才受到自己內心的召喚。毅然決然的走上這條不願回頭的文學之路。

一個單相思的人

丁于鈴

〈漢廣〉

南有喬木，不可休思；漢有游女，不可求思。
漢之廣矣，不可泳思；江之永矣，不可方思。
翹翹錯薪，言刈其楚；之子于歸，言秣其馬。
漢之廣矣，不可泳思；江之永矣，不可方思。
翹翹錯薪，言刈其蔞；之子于歸，言秣其駒。
漢之廣矣，不可泳思；江之永矣，不可方思。

南方喬木高大蓊鬱，卻不能在樹蔭下休息；漢水邊有位出遊少女，卻無法與她相伴相依。漢水是那麼的寬闊，而我卻無法游過去；江水是如此的綿長，乘著竹筏也無法渡江去找妳。在那遼闊的原野，草木叢生，我砍下木柴為她綁好結婚火把，我只愛那漢水游女啊！她就將和他人結婚了，我也甘心替她餵飽馬匹。

在這首詩中可以看見主旨圍繞在男主角對女主角的愛慕之心，整首詩充斥著男主角單相思的沉悶心情，我想在人的一生中，總會有著這種經驗，明明知道這是一段沒有結果的感情，卻依舊放不下心中的那顆熾熱的愛慕之心，「之子于歸，言秣其馬」當男主角知道自己心愛的女生要嫁給別人時，他心中的痛苦應該是難以言喻的，但卻能夠用這麼平和的文字來表達他內心的衝擊，在愛情中倆倆相互喜歡，才能真正完成一段美好的姻緣，否則這一切都將只是某一方的單戀罷了。

在〈漢廣〉中男主角想盡辦法想到心儀的女生身邊，就僅僅是單純地想陪伴在她的左右，我想這應該就是大家所說的世界上最遙遠的距離——我在你面前，你卻不知道我愛你！單相思的人常常可以為了自己喜歡的人不顧一切，不論對方是否有所回應或回報，只要能為他們付出就足以開心一整天，雖然這樣的想法及作法在旁人眼裡看似愚昧至極，但我認為沒有經歷過這種感受的人是不可能會理解的，況且有時候感情並不是自己能掌控的，我們能夠做的只是盡可能的將自己對喜歡的人的愛慕，轉移到另一件事物上，或是轉換自己的心態，藉此忘卻單戀的痛苦及沉悶，不讓自己沉浸在悲傷的情緒中，多方去觀察身邊的人事物，便會發現他並不是你的全世界，周遭的一切事物依舊是美好的，因為在這個世界上，總會有一個與你最匹配的人在你的生命裡出現。

在西方與單戀相關的還有安徒生〈小美人魚〉這個童話故事，這個故事概要是這樣：在小美人魚十五歲的那年，她浮上海面一窺人類世界。她看到一艘大船上正舉辦著生日派對，派對的主角是位英俊的王子，小美人魚對他一見鍾情。不久後，一陣暴風雨摧毀了船隻，小美人魚救起溺水的王子，將他帶到岸邊，她在一旁守候著，直到王子被附近神殿裡的女子發現。王子醒來後沒有看到小美人魚，但他知道有人救了他一命。小美人魚渴望著與王子戀愛，便前往海裡危險的地帶尋找深海女巫。女巫拿出一罐能變身成人類的藥水，要小美人魚用聲音作為代價以換取這罐藥。女巫告訴她，在喝下藥水後，將會感到有把無形的利劍切開自己的尾巴，並痛得昏過去，在清醒後雖然能獲得人類的腿，但每走一步都會感到痛如刀割。此外，如果不能得到王子的愛並與他結婚，就不能獲得靈魂，而且會在王子與別的女人結婚後的隔日黎明，化作波浪上的泡沫死去。

當她清醒並變成人類後，王子被她的美麗迷得神魂顛倒。當國王和王后安排王子和鄰國的公主結婚時，王子拒絕了，他表示自己只愛當初那位救命恩人，但在他得知鄰國公主便是神殿裡的那位女子後，便將她視為救命恩人並表達愛意，決定和她舉行了一場皇家婚禮。當王子和公主在婚禮船上慶祝他們的新婚，而小美人魚卻心碎了。她為了愛情犧牲一切，卻只換來了悲傷、痛苦以及殘酷的死亡，當她絕望地等待黎明的陽光，即將自己化為海上泡沫的時候，她的姊姊們給她帶來一把匕首，如果小美人魚能用這把女巫給的匕首刺殺王子，讓王子的血滴到自己的腳上，她就能恢復人魚之身，回到海裡和家人享受美好的生活。但小美人魚沒有痛下殺手，她在破曉之時把匕首扔出船外。在清晨的第一道陽光打在她的身上時，她的身體溶解成泡沫。但小美人魚並沒有死，她感覺到自己化為一團閃著光輝的靈魂。原來她那高貴不求回報的愛情，使得她神奇的得到永恆不朽，並能前往神的國度。

在這個童話故事中，雖然小美人魚最終無法和王子在一起，並且眼睜睜的看著自己心愛的人和別人結婚，這種心如刀割的感受想必她比任何人都還要清楚，但她寧願犧牲自己的生命，也不願用王子的血來求活，她犧牲自己，成全他人的精神，將愛詮釋得淋漓盡致！在遠古的《詩經》時代，〈漢廣〉詩中那位男子堪稱愛的典範，他只是單純的愛對方，尊重對方，不占有，不自私，只希望對方得到幸福。原來歌頌真正的愛，不論古今、東西並無不同。

作者小傳

丁于鈴，就讀於東海大學中文系三年級，興趣是欣賞電影和音樂。

《詩經》女性愛情進行曲

廖玥

有女懷春，吉士誘之

「摽有梅，頃筐塈之。求我庶士，迨其謂之。」伊人捧著《詩經》，一邊倒走，一邊和好友清揚說，「你看這女生多傻。一開始有那麼多人追求她，她偏要猶豫豫、扭扭捏捏，等什麼良辰吉日。現在好了吧！拿喬這麼久，都嫁不出去了。換我我絕不會像她這樣。大學可是談戀愛的好時機，我一定要抓住機會，一蹴而就！」說著還握緊拳頭揮了揮，以示自己的決心。

清揚揚起唇角，忽的眼神一緊，大喊：「小心！」

可已經來不及了，「嘭！」的一聲，一顆籃球直接砸中了伊人的腦袋。伊人蹲下身，抱著頭喊：「啊！痛痛痛！」

一個身穿紅色球衣的男生從遠處跑來，一臉擔憂地看著蹲在地上的伊人，問：

「同學你還好吧？」

伊人一臉扭曲地抬起頭，正打算義正言辭地譴責來人，看清他的面容後，迅速瞪圓了眼睛，然後立馬站起身來，露出甜美的笑容，友好地說：「我沒事啦！剛剛砸到的時候很疼，現在不疼了。我是中文系一年級的伊人，你叫什麼名字呢？」

清揚驚訝地看著好友的瞬間轉變。男生則像看穿了什麼似的，邪邪地一笑，說道：「我是體育系一年級的狂童，剛才在籃球訓練，不小心失手砸到你，真對不起。雖然你現在說沒事，但我擔心之後你的頭可能會疼。我們交換一下聯繫方式吧。如果你有什麼不舒服，可以找我。」

伊人紅著臉點點頭。兩人交換完聯繫方式後，狂童對伊人眨了眨眼睛說：「再聯繫哦，小美女。我先回去練球了。」說著揚了揚手機就跑開了。

清揚趕緊摸摸好友的腦袋，問道：「伊人，你沒事吧？被砸傻了？」

伊人嘿嘿嘿笑得一臉花癡，嗔道：「你才傻了！啊啊啊！他好帥啊！我的春天來了！」

晚上兩人上完課回到寢室，伊人收到一條短信——「伊人小美女，為了表達歉意，我明天想請你吃飯，不知道你願不願意賞臉呢？」伊人激動地抓住清揚的肩膀搖晃了幾下，趕緊一來二去地回覆起了短信。

第二天，伊人精心地打扮好自己，興沖沖地出門了，連清揚叮囑她「注意安全」都沒有聽到。

晚飯時間，狂童幽默風趣，分享自己的一些見聞，把伊人逗得笑疼了肚子。之後，他還帶伊人去了遊樂場，開碰碰車、吃棉花糖、坐摩天輪……兩人都玩得很開心。

分別時，伊人不捨地仰望著狂童，覺得他同樣也不捨地低頭看著自己，就鼓起勇氣，踮起腳尖親了狂童的臉頰一口，然後噠噠噠害羞地跑上樓了。

從此以後，伊人和清揚兩位好友就分開行動了。伊人為了陪狂童訓練，看狂童比賽，和狂童約會，蹺課越來越多，經常拜託清揚幫忙簽到、交作業。清揚想說些什麼，可看到好朋友閃亮的眼睛、上揚的唇角，只好微不可聞地歎了一口氣。

一日不見，如三月兮

伊人靠在桌子上，百無聊賴地滑著手機。「清揚，狂童上次說完他很忙之後，已經一個禮拜沒有聯繫我了。你說他是不是出了什麼事，我要不要打個電話問問他呀？」

清揚停下抄著花束甲骨的筆，轉頭看向好友：「你如果擔心的話，就打唄。然後好好複習，快期末考了。你的期末報告寫完了嗎？」

伊人苦惱地扁著嘴：「可是我怕吵到他，他會生氣。」

清揚歎氣：「那就不打，他閒下來自然會聯繫你。你快點寫期末報告，然後好好複習期末考。」

伊人懊惱地抓亂自己的頭髮：「『一日不見，如三月兮』。我們都七日不見，快兩年了。我已經『首如飛蓬』了，哪有心思學習。」

清揚說：「學習和戀愛又不衝突。你現在剛好不用和他約會，有時間靜下心來學習不好嗎？」

伊人耍賴道：「哎呀哎呀，我不管我不管。我雖然不用見他，但我滿腦子都會想著他，哪還有空閒的腦子去想學習。」

清揚皺起眉頭：「那你報告怎麼辦？期末考試怎麼辦？」

伊人捧著臉無辜地說：「就那樣唄，反正總會過去的。往年也會有很多人當掉啊，不少我一個。誰叫我現在在戀愛呢。」看到好友臭臭的臉，伊人趕緊跑過去抱著她的手臂搖晃，撒嬌道：「我知道清揚最好了，是擔心我才唸我的，愛你愛你。不過，清揚你不覺得到了大學還那麼辛苦唸書很對不起自己嗎？你要不要談個戀愛？我讓狂童給你介紹介紹？籃球隊很多帥哥的。」

清揚拿筆戳了戳伊人的額頭，轉過身不理她，繼續抄花東甲骨去了。

無我惡兮，不寁故也

「狂童！」伊人在籃球場的門口叫住許久不見的狂童，追上去拉住了他的手，「你怎麼這麼久不聯繫我？是不是出了什麼事呀？」

狂童尷尬地抽出手，撓了撓了頭：「呃……那個……我以為你懂我的意思。」

伊人一臉茫然，不解地問道：「懂什麼意思？」

狂童不耐煩地皺起眉頭：「裝什麼裝，非要我把話說得這麼明白嗎？就是分手的意思！」

伊人難以置信地瞪大眼睛：「分手？你為什麼要和我分手？」

「你之前那麼熟練地和我搭訕，我還以為你懂。」狂童扶額歎了一口氣，「就是玩膩了唄，還有什麼理由。你當初不也是看我帥才和我約會，我也只是看你漂亮而已。現在看膩了，發現更漂亮的了，就分手唄。」

伊人聽到狂童口中吐出來的一個個傷人的字眼，淚珠像斷了線似的滑落臉頰。她抬起朦朧的淚眼，問道：「你怎麼能這樣說呢？難道你忘記我們一起去過那麼多地方，做過那麼多事了嗎？我們一起去遊樂場、看電影、逛夜市……我們在一起不是很開心嗎？你不是一直說喜歡我可愛天真嗎？」

狂童一臉驚歎：「說你天真，你還真是天真。誰玩的時候會不開心？而且我說喜歡你只是當時應景的話。現在玩膩了，你還一直黏著我，我就討厭你了唄。」

伊人抽泣道：「你怎麼能這麼狠心？我陪你訓練，看你比賽，和你約會，你之前明明都很喜歡的。現在一句膩了，就否定了全部，你難道一點都不記得我對你的好嗎？」

狂童煩躁地敲著手中的籃球，看到伊人傷心的樣子，心中不由懊惱自己當時識人不清惹了個大麻煩。忽然他眼前一亮，沖著從遠處走來的新女友招手。女生走近前來。狂童一把摟住女生，對伊人痞痞一笑，說：「這是我現在的女朋友。我和你已經是過去式，你不要再來糾纏我了。」

伊人看著兩人嬉笑著漸行漸遠，泣不成聲。

于嗟女兮，無與士耽

清揚搖了搖蜷在被窩中的伊人，誘哄着她：「伊人，起床啦。從那天見完狂童回來，你就這樣在床上躺了好幾天了，不吃不喝的，這樣下去對身體不好，你起來吃點東西好不好？」

伊人把頭埋進被子裡，哽咽著說道：「嗚嗚嗚，我好難過啊，清揚。我什麼都不想吃，你不要管我好了，就讓我這樣吧。」

清揚恨鐵不成鋼地說：「你說讓我不要管你，可是你又不好好地對自己。你這樣折磨自己，只會讓關心你的人心疼，不關心你的人才不會管你的死活。」說完只見被窩裡的人又往裡縮了縮。

清揚頓時怒火攻心，一把掀開了被子，罵道：「你這樣為他傷心流淚，不吃不喝，他會心疼你嗎？他有來看過你嗎？為了一個渣男，把自己弄成這副德行，值得嗎？失個戀而已，就要死要活的。世界上比失戀更慘的事、比你更可憐的人多了去了，大家照樣能好好生活，為什麼你就像個縮頭烏龜一樣，受了一次傷之後就一直躲在殼裡不願出來？」

伊人睜開眼睛，坐起身，看著清揚生氣的樣子，「哇！」的一聲大哭了出來。清揚的火氣頓時被熄滅了。她上前抱住伊人，像哄小孩子似的輕輕地拍著她的背。伊人抱著好友號啕大哭了一會兒，有點乏力，想起好友的話也覺得不好意思，便嗚咽著說了句「對不起」。

清揚聽到伊人的道歉，知道好友在漸漸想清楚，心中一塊大石總算有了著落。於是她起身端過桌上的白粥，對伊人說道：「你要是真覺得對不起我，就不要再想那個渣男，乖乖把粥喝了，然後重新開始。」

伊人接過白粥，一勺一勺送入口中。過了一會兒，她輕輕歎了一口氣，羞愧地看著清揚：「可是，我還是有點想他。」

清揚看她怯生生的樣子，不好發作，轉念一想，換了個方法勸她：「你知道在你蹺課的時候，呂老師講了一首很有趣的詩嗎？」

伊人答：「不知道。是什麼呀？還是像〈摽有梅〉一樣的？」

清揚神秘地一笑：「不是。詩中講了一種鳥，叫作斑鳩。牠以穀物和果實為食，所以有時會吃桑葚。但因為熟透的桑葚會自然發酵釀成天然的桑葚酒，牠吃下去就會醉，一醉就找不到回家的路，最後被天敵吃掉。」

伊人被逗笑了：「哈哈，真是隻傻鳥。」

清揚目光灼灼地看著她：「是呀，我身邊不正有隻傻鳥嗎？」

伊人茫然不解，向四周看了看。

清揚不禁莞爾：「這首詩叫作〈氓〉，講的是婦人被男子拋棄的故事。『于嗟鳩兮，無食桑葚。于嗟女兮，無與士耽』。詩人勸斑鳩不要吃桑葚醉倒，是興語，是為了勸女子不要耽溺於男子的甜言蜜語。『士之耽兮，猶可說也；女之耽兮，不可說也』。女子如果一味沉醉於愛情，失去自我，是十分可怕的，最後也只會被拋棄。女子要有獨立的人格，不斷變得優秀，才會得到更多更優秀的人的喜歡。」

伊人聽了，低下頭靜靜地思考著。驀地，她跳起來把清揚撲倒在床，開始撓她癢癢：「好呀你個清揚，竟然敢罵我是傻鳥！」

「哈哈哈哈哈哈哈……」寢室內恢復了往日的歡聲笑語。

子不我思，豈無他人

伊人綁著最樸素的馬尾，清白著一張小臉在圖書館的某個角落奮筆疾書。這學期因為談戀愛落下太多功課，如今學期已接近尾聲，她要想「保住性命」就必須奮起直追。幸好好朋友清揚是個學霸，把平時一絲不苟做的筆記慷慨地借給了她。就在剛才，伊人終於結束了持續兩週的抄筆記大戰，也寫完了各門課的期末報告，如今還差閱讀必讀書目和背誦筆記。這些都不成問題，伊人對自己的閱讀速度和背誦能力很有信心，她每天少睡幾小時就能在考試前把進度趕完，雖然質量肯定比不上平時認真學習的同學，但至少聊勝於無。

目前橫亙在她面前的最大問題不是本專業的知識掌握，而是一門通識自然模塊的邏輯課的期末考試。她從小就喜歡文學，討厭數學，性格也是感性多於理性，所以邏輯對她來說簡直就是究極難題，更何況她一學期都沒聽過課、做過筆記。甩了甩酸痛的手，她翻開一片空白的、嶄新的課本。幾分鐘後，她狂躁地抓了抓頭髮，忍住撞牆的衝動。

「算了，反正也看不進課本，還不如去找找有沒有什麼有趣的邏輯書，說不定能打開新思路。」她寬慰自己道，起身走向了圖書區。抬頭一一掃過架上的書名，伊人心裡不住地哀號：「好想哭，為什麼書名看起來就這麼難，一點都不想看！」突然，一本薄薄的藍皮書進入她的視線——簡單的邏輯學。天無絕人之路！伊人踮起腳想把書取下來，但最終失敗，正打算去把凳子搬來，這時，背後伸出一隻手，纖長而有力，把藍皮書取下遞給了她。

只聽一個純淨而富有磁性的聲音問道：「同學，你是要拿這本書嗎？」

作者小傳

廖玥，北京師範大學赴東海大學的交換生，喜歡閱讀，關心社會，對研究大眾文化頗有興趣。

我的愛情・你的名字

鄭晞彤

自從地球上開始有了人類的紀年以來，「愛情」便是文學裡一個最偉大的主題，恆久不衰。西方的亞當，總在伊甸園里尋找自己失落的肋骨——夏娃；而我們所處的東方，古人有云：「百年修得同船渡，千年修得共枕眠。」今日，則有人說：「前世一百次的回眸，才換來今生一次的擦肩而過。」由此可見，全世界的人口之眾，情投意合的兩個人，要在茫茫人海中找到彼此，真心相愛、相待相守，是一件多麼困難而不易的事情。

《詩經》中的〈摽有梅〉，讀著這詩篇便可以輕而易舉地想像，那是一個寂寞的女子望著窗外梅子興嘆的寂寥身影。在中國人的觀念裡，常用「梅子」類比女孩的青春不再。梅子一天天地成熟，然而追求她的人呢？

我相信，「等待愛情」並不僅是專屬於女孩兒的閨中心事，許多男孩也一樣，都在等待著自己命中註定的那個人，緩步走向自己。而在這期間，又有多少人像

〈摽有梅〉詩裡的女子一般，從最初心懷美好的想像，寄語遠方那未知的人兒，快趁著吉日來尋自己，進而過渡到「不妨就趁著今日尋來吧！」的心境，最終走到了只要有人願意開口，就答應嫁給對方的焦躁心緒。

讀到這裡，我真的好想走到《詩經》裡，走到那望著梅子興嘆、愁容滿面的女子身邊，溫柔地抱一抱她，在她耳邊輕輕地告訴她：「乖孩子，努力做最好的自己吧！這樣一來，未來的他，才有可能遇見那最棒的妳啊！」

花若盛開，
蝴蝶自來。
你若精彩，
天自安排。

在愛情的世界裡，或許誰都能說愛你，但卻不是人人都能等你，而只有在漫長的等待中，不斷地成就一個更好的自己，那才能無愧於那些因等待而逝去的冉冉時光。

正如田中實加所著的《灣生回家》一書裡，就有一個讓我記憶至深的故事，但卻非常可惜地無法被拍攝進紀錄片裡，那是一段關於臺灣的童爺爺與灣生女孩山崎秀子的愛情故事……

「我知道她一直沒有放棄尋找我。」

由於童爺爺極度重聽，這是童爺爺在田中實加訪問他之時，在日曆紙上所寫下的第一個句子。她，指的便是山崎秀子。

故事回到一九四二年十月，在那個戰火頻傳的年代，當年尚年輕力壯的童爺爺，被徵召前往南洋當軍伕。離別之際，山崎小姐是如此堅定不移地對著爺爺說：「我等你！等你從南洋回來！」但當童爺爺歷經幾番波折，方從戰場回來之時，那些年來一直等待著他的山崎小姐，卻已經被遣返回了日本。後來的後來，童爺爺經過幾年的努力，卻依舊找不著所愛之人的蹤跡，於是便和家人替他安排好的相親對象結了婚。

一直到後來，隨著灣生回臺的次數頻繁，花蓮的某一畜牧養殖場外，在每一年的四月，都會迎來一位穿著和服的女子，向門口的守衛問著：「請問這裡有沒有一位〇〇〇職員？」每一次，當她帶著失望離開的時候，若她再回頭望一眼，便會看見遠方的大樹下，總是會有一名男子不捨地眺望著她遠去的背影，無一次例外。沒錯，那女子正是山崎秀子；而那眺望的男子，就是已經成家的童爺爺。

「如果有機會再見面，爺爺想對奶奶說什麼？」田中實加寫在紙上問童爺爺。遲疑了一會，童爺爺吃力地在日曆紙上寫下這一句輕輕的：「這些年，你好嗎？」

當田中實加在幾經波折與輾轉以後，終於帶著童爺爺這一張親手寫的日曆紙，到日本的福岡醫院見到躺在病床上，病危的山崎奶奶時，八十五歲的山崎奶奶情緒激動，要求田中實加將日曆紙撕成一半，用她顫抖的手，使盡僅剩的所有力氣，在那另一半的日曆紙上寫下：「分開的這一段時間，你好嗎？」

二〇〇八年十月二十二日，還來不及等到童爺爺的回覆，山崎奶奶便握著那張日曆紙，微笑著永遠沉睡了。當田中實加帶著她那半張寫著「分開的這一段時間，你好嗎？」的日曆紙，和奶奶最後的「我等待著！我尋找著！只是想知道，到南洋當兵的你，是否安好？」的口信回到臺灣時，卻接到爺爺病危，無法再見人了的消息。

人生，可以將就，
也可以講究。

不得不承認，現實或多或少會讓曾經深刻的愛情褪色；而離別，有時候也是愛情的另一種模式。因為無法成全你，給你所期望的一切，所以，我放你走，讓你從此退出我的生命，也讓我的祝福成為帶領你飛向幸福的那一雙翅膀。因為很愛很愛你，所以願意，並且捨得讓你，往更多幸福的地方飛去；因為很愛很愛你，所以願意，不羈絆著你，飛向幸福的地方去。

這個真實發生的故事，訴說著等待，訴說著遺憾，也訴說著一個來不及等到兩個人的成全就已經結束的愛情。山崎奶奶在那漫長的六十年等待裡，並沒有將就自己，將自己的愛情與人生託付給一個任意的人。六十年的等待，等走了多少的日月星辰、月明星稀？這裡邊，有多少的思念，便有多少的痛苦與淚水。隔海思念的兩人，在終於有望得到對方的消息時，却只是落下了輕輕的這麼一句：

這些年，你好嗎？

「這些年，你好嗎？」的這一句話，這麼輕，卻也那麼重。那沉甸甸的重量，使得病危的山崎奶奶奮力舉起了手，給她這輩子最愛的，卻終究無緣走在一起的男人，寫下了她人生裡的最後一句話。

一個是不願將就，終其一生等待著所愛之人的女子；另一個是不計對象，渴望終結摽梅之年的聲聲吶喊。如此鮮明的對比，不禁讓我開始思考，倘若這隔了十個世紀有餘的兩人相見，究竟會是誰後悔著自己的後悔？他們會在溫柔的月光之下，輕輕地擁抱彼此，用自己的溫度，給予對方一點微薄的安慰嗎？還是會在看到對方的那個瞬間，便將自己曾經的執著，釋懷般的一笑泯之呢？

那些銘刻於樹上的愛情，
如今是否只是讓每棵樹，白白疼痛了那一個曾經？

所有相遇的、錯過的，
不過都只是過客而已。

都愛過，
只是現在成為了彼此生命裡的觀眾。

作者小傳

鄭晞彤，我活著，我愛著，我寫著。選擇困難症末期患者，同時卻又是行動派的標準吃貨。不善言辭，期許自己能夠用文字記錄生命。沒有華麗的裝飾，只希望用最樸實的文字，打中人心裡最柔軟的那個部分。血液裡流淌著射手座的不安分因子，相信攤開的世界地圖，就是夢想所能夠到達的版圖。

無盡的等待

王怡方

〈邶風．擊鼓〉

擊鼓其鏜，踴躍用兵。土國城漕，我獨南行。
從孫子仲，平陳與宋。不我以歸，憂心有忡。
爰居爰處，爰喪其馬；于以求之，于林之下。
死生契闊，與子成說；執子之手，與子偕老。
于嗟闊兮！不我活兮！于嗟洵兮！不我信兮！

在這萬籟俱寂的深夜裡，翻騰的思緒使我無法入眠，望著身旁熟睡的妻子，灑落月光下沐浴那從未見過的神情，朱唇微啟含著淡淡笑靨，舒緩的眉間散發著幸福滋味，我的視線停留在那雙熟睡的眼眸，想像平日凝視我的靈動雙眼，如同少不更事的女孩鬼靈精怪的模樣，一陣愛意湧上心頭，使我情不自禁的溫柔輕吻妻子的眉間。想起當初十五歲時的羞怯，我在石頭刻上「死生契闊，與子成說；執子之手，與子偕老。」這句話，而十四歲的她看見後羞紅了臉跑走，接著我們便在這塊石頭前私訂終身，不久便順利成親結為連理。

儘管世間有情人終成眷屬，卻因命運捉弄而無法長相廝守，這次恐怕無法實現對妻子的承諾。每每看見她美麗的倩影，殘酷實情的話語便哽在喉頭，說不出口的未來令我痛苦萬分。此時沉睡的妻子悠悠轉醒，可能被我心煩意亂的嘆息而打斷甜美夢境。

「怎麼還沒睡呢？」她睡眼惺忪的起身。在月光的照耀下，黝黑的秀髮微微遮住右邊臉頰，白皙姣好的面容顯得格外出眾。

「天熱睡不著。」我趕緊找個理由搪塞心中的不安。

妻子溫熱的手摸到我掌心沁出的冷汗，她微蹙雙眉凝視著我，那眼神充滿疑惑與擔憂，彷彿鞭笞著我內心最脆弱的深處。

「對不起，我可能無法……。」我滿頭大汗，濕熱的眼眶模糊了視線。

妻子察覺到事態的嚴重，連忙緊握我冰冷的雙手，聚精會神聽我娓娓道來。

我深吸一口氣，整理紊亂不堪的情緒。「昨天我才得知今早要被徵調上前線打仗，為了平陳宋之難，我必須遠赴他國打仗。」

她震驚的愣了半晌，清澈的眼眸瞬間蒙上陰影。「今早？不就待會日出時？」

「對不起，我昨天本想說，但真的說不出口。」我伸手攬住妻子的肩膀，緊緊抱住她顫抖瘦弱的身軀。

「阿柴，那些跟你一起修漕城的伙伴，也要去前線打仗嗎？」妻子問。

「沒有，他們都還留在這裡修城，我不知道為什麼只挑我去。」我深深嘆了一口氣。「或許這就是命。」

儘管我將此事歸於命定，心裡仍有不甘，但也不能冒著質疑上級決定的風險貿然詢問，現在也只能服從命令而隨軍隊前往南征。

「上前線打仗，你還能回來嗎？」妻子輕聲地問，我感覺到她痛苦的啜泣在我胸口猛力撞擊。

「為了那個承諾，我一定會活著回來。」我撫摸她凌亂的秀髮。

「石頭上的承諾，你要永遠記住。」妻子緊抓我的肩膀，淚眼婆娑的看著我。

「死生契闊，與子成說；執子之手，與子偕老。」我僵硬的微笑。「男子漢大丈夫，說到做到！」

我們記住彼此的氣息，永遠存留這片刻的溫暖，即使無法戰勝命運的安排，至少擁有過短暫而美好的時光。直到天亮，遠方傳來咚咚作響的擊鼓聲，我們才依依不捨的分開，就算我們抓不住光陰的殘影，也要在時間洪流中找到彼此的蹤跡。在離家前，我們先到當初私訂終身的那塊石頭前，再次回憶，再次承諾。

〈周南・卷耳〉

采采卷耳，不盈頃筐。嗟我懷人，置彼周行。
陟彼崔嵬，我馬虺隤。我姑酌彼金罍，維以不永懷。
陟彼高岡，我馬玄黃。我姑酌彼兕觥，維以不永傷。
陟彼砠矣，我馬瘏矣！我僕痡矣，云何吁矣！

時光荏苒，歲月流轉，昨夜仍夢見我們在石頭前私訂終身，如今你已在軍營裡為國效力。自從你離家後到現在五年多，偶爾來信簡短訴說近況，或許我寫的信在途中丟失，使夫君未能得知自己有個五歲的可愛女兒，她的五官像你而個性像我，長得甜美令人討喜，但願你能快點回家，抱抱你的親生骨肉。

今早我將女兒託給公婆照顧後，便到林間摘採茂盛的蒼耳，其實那塊刻上誓言的石頭就在林間東方，我刻意不接近那附近，深怕觸景傷情，雖然心裡這麼想，但雙腳卻很誠實的帶我提著竹簍到石頭面前。歷經快十年的風霜，石頭上的字跡早已模糊不清，我撫摸著夫君當年寫下的誓言，思念之情溢於言表，當我沉醉在回憶裡時，一陣風吹得四周樹林颯颯作響，我連忙驚醒趕緊摘採蒼耳，到了晌午仍採不滿竹簍，便回家準備燒柴煮飯。

「采采卷耳，不盈頃筐。嗟我懷人，置彼周行。」

我將這段話寫在信中，不如以往長篇大論以敘家事，因為在夫君來信內容中也未提到有關我信中訊息，似乎沒收到我的回信，若叨叨絮絮仍是一場空，乾脆以簡短的話表達我的思念，我的信平安送達也好，半路消失也罷，總歸就我的心情上也比較舒坦，於是便託人帶信給夫君。

幾天後，婢女阿翠匆匆忙忙的跑來。

「夫人！老爺終於來信了！」阿翠上氣不接下氣的說著。

我趕緊打開那封沾滿沙塵的紙張：「陟彼崔嵬，我馬虺隤。我姑酌彼金罍，維以不永懷。」

至少夫君還活著，而且還想著我們一家人。我緊緊將信揣在胸口，激動地蹲在地上不斷啜泣。

又隔了一年，夫君又寫信道：「陟彼高岡，我馬玄黃。我姑酌彼兕觥，維以不永傷。」儘管得知他仍活著，但似乎狀況不太好，我在家中不能幫他什麼忙，只能整日燒香祭拜公婆，希望他們在天之靈能保佑夫君平安回家。

收到這封信後不久，我便聽說戰情慘重，雙方死傷甚多，而在八個月後又收到夫君來信：「陟彼砠矣，我馬瘏矣！我僕痡矣，云何吁矣！」

讀完信中內容後一陣暈眩，我頹然坐倒地上，女兒趕緊扶我起身，阿翠連忙安慰我，在此之後我便在床上躺了一個多月，整日病懨懨的食不下嚥，而在昏睡的過程中，我不時夢見當時夫君與我在石頭前私訂終身的畫面，那股穩重的氣味彷彿殘留在鼻尖，粗糙的手掌輕拂著我的髮梢，胸口怦然心動的情愫也在夢裡細細回味，有時總感覺夫君就在身邊陪伴我，在夢裡開導我，就算在現實中因命運的捉弄而無法實踐誓言，他的愛仍伴著我直到永遠。

半年後，我的身體康復許多，每天都帶著女兒到那塊石頭前講述這段往事，晚上做夢時夫君也會陪著我聊天。而現在十五年過去，女兒早已嫁人，我也在含飴弄孫，過著十分快活的日子，但仍未收到夫君的來信。

「死生契闊，與子成說；執子之手，與子偕老。」石頭上的那行字，隨著我的呼吸停止而漸趨消失。

作者小傳

王怡方，嘉義市人，東海大學中文系四年級學生，同時修習教育學程。平時喜歡閱讀中外現代文學，熱愛文字創作。本文結合〈邶風．擊鼓〉與〈周南．卷耳〉兩篇《詩經》中關於征戍行役的深刻情感，表達戰爭殘酷下無盡等待的思念之情。

請來一盆狗血！

〈邶風．谷風〉

葉以恩

在《詩經》中，各式各樣的詩作都有，有關於戰爭的、有關於社會的，也有關於人之常情的，其中，最讓我印象深刻的，就是那些多采多姿，一會兒高歌愛情的美妙、一會兒怨嗔愛情的不公的抒情詩作，而以下便是其中一首。

〈邶風．谷風〉

習習谷風，以陰以雨。黽勉同心，不宜有怒。
采葑采菲，無以下體。德音莫違，及爾同死。
行道遲遲，中心有違。不遠伊邇，薄送我畿。
誰謂荼苦？其甘如薺。宴爾新昏，如兄如弟。
涇以渭濁，湜湜其沚。宴爾新昏，不我屑以。
毋逝我梁，毋發我笱。我躬不閱，遑恤我後。

就其深矣，方之舟之。就其淺矣，泳之游之。
何有何亡，黽勉求之。凡民有喪，匍匐救之。
不我能慉，反以我為讎。既阻我德，賈用不售。
昔育恐育鞫，及爾顛覆。既生既育，比予于毒。
我有旨蓄，亦以禦冬。宴爾新昏，以我禦窮。
有洸有潰，既詒我肄。不念昔者，伊余來塈。

——自從家裡漸漸富裕了以後，你便不再對我笑了。

你的脾氣變得陰陰陽陽，暴雷暴雨的這一面全部讓我承受，而晴空萬里的那一面卻都對著她，她幸福地微笑著，彷彿你們才是一對兒。

我不禁憤恨，曾經同甘共苦的我們，以及後來居上的她，究竟是誰值得？誰不值得？

為何無論我做了什麼，你總是那麼沒有耐心，不留情誼地就是一頓痛罵？而她，那個新來的女人，你的新歡、你的愛人，每每看見她，你滿面春風的樣子，讓我真想撕了你的臉，用尖銳的痛楚來提醒你，是你在我那破舊的轎子前，和穿著過氣紅袍的我許下了海誓山盟！

你該知道，樹不能沒有根、鳥不能沒有翅膀——我曾經為了我們的家東奔西跑，努力做著勞心勞力的手工業，賺取微薄的薪資換取家庭的溫飽，接待親朋好友、鄰近鄉里都顯得進退有度，絕對沒有落了你半分面子，更讓這個家在社會之中有了不小的地位，你卻放任她破壞我的成品、在外人面前道我的不是，難道你就不能念著我半輩子的辛勞、念著我們之間的那一點舊情，不要離開我嗎？

依然愛著你的我，是多麼愚笨啊！

你和她正濃情密意呢，那彷若比手足還要親密的舉動，刺痛了我的心。

那棟屬於我們的房子，當初我們一起看的風景、當初我們一起挑選的椅子，如今都變成了你和她的，你娶了新的妻子，你有了新的愛人，而我只是在房門外面，舉起手，卻沒有辦法敲響大門，彷彿你們才是和樂融融的一家，而我卻是一個過路人。

多麼可悲啊，你不再愛我，也不願意再看著我，只把我當成隨時會擄走公主的魔鬼，是你這個王子的宿敵，是你們世界的毒瘤。誰還記得魔鬼曾經是王子的舊妻呢？誰還記得當初王子愛上的是魔鬼呢？

我從窗戶間看進去，你正餵著她吃那新鮮白嫩的魚肉，卻忘了我才剛剛從市集趕回來，只匆匆吃了些苦菜，雖然味道很苦很澀，我卻覺得比起我的心，那味道居然是甜的。

你曾經是愛我的。

我嘆了口氣，離開了這個家，今後的我又該何去何從？天氣冰冷，是否該替家裡留點吃食過冬呢？可是這又與我何干，我又與這個家、與你何干呢？

——至少，你曾經是愛我的。

我覺得，《詩經》有很多詩作都可以激發靈感，寫出一篇關於怨婦、歸人、士兵等其他我們或許並不會了解的情感或職業的故事。

如今，你也從《詩經》中看到了誰的故事了嗎？

作者小傳

葉以恩，東海大學中文系三年級學生，在中文科目中偏好創作與閱讀。

等你從薄暮到天黑

式微，式微，胡不歸？

盛成皿

夏日傍晚的夕陽開始透過窗戶斜斜的照進屋內，失去了正午時分毒辣的殺傷力，變得柔和唯美起來。廚房飄來陣陣飯菜香味，提示著一頓平凡但美味的晚餐即將被擺上桌。禁不住吞了吞口水，看看時針，大概再一刻鐘的功夫，爸爸就該下班回家吃晚飯了。我捂著肚子斜倚在沙發上，等待家人相聚的晚餐。

「叮——」尖銳的電話鈴聲響起了。那頭傳來的訊息是：爸爸要接著開會，所以會晚一點到家，讓我們先吃晚餐，不要等他。掛了電話無奈地搖搖頭，不過好吧！反正這也不是頭一回遇上這樣的情況了。吃過晚餐，天已是完全黑了下來，窗外的燈火也從一開始的零星幾點到全部閃爍了起來。靠著窗戶看著萬家燈火夜景，心裡不禁吟起了那句詩：式微，式微！胡不歸？

式微，式微！胡不歸？微君之故，胡為乎中露！
式微，式微！胡不歸？微君之躬，胡為乎泥中！

翻譯成現代白話的意思，大致是：

暮色昏暗天將黑，為何不能把家回？不是為了官家事，怎會頂風又飲露！
暮色昏暗天將黑，為何不能把家回？不是為了老爺們，怎會污泥沾滿身！

從詩表面意思來看，很顯然的，這是一首反映當時社會的底層勞動百姓生活現實的詩。為了替君主、主子做事情、侍奉他們，他們不得不長年累月、晝夜不息地在露水和泥漿中奔波賣命以維持生計。短短二章內容便使勞動者們哀怨與憤懣的形象躍然紙上。

記得我初聞此詩，是在高中看電視劇《步步驚心》時，裡面八爺寫給若曦的情書中的一行詩。若曦和八爺雖兩情相悅，但若曦一直不向八爺完全表明自己的心意。若曦入宮後，八爺每年除夕都會給她送來書信。那年的書信恰是這樣的：「式微，式微！胡不歸？」引用了《詩經》〈式微〉篇中的第一句。若曦讀完之後自言自語道：「胡不歸，所謂何？」

於是當時的我很篤定地以為，這一定是一句古代情詩，被八爺引用來表達對若曦的詢問和愛慕之情。詩的內容用愛情來解釋的話，大概能表達八爺當時的心情：我的心意難道你還沒明白麼？你就好像一片黑夜，我看不到一點光明！我想八爺實在是很精妙地抓住了詩中那份親人期盼勞動者趕快歸家的期待之心，於是借用此詩，來表達對若曦的愛慕心之切與期盼。通過此詩來描繪心裡的殷切之情。

但說了這麼多，最後還是要回歸到詩歌的本意上來。前面已提到，這是一首社會底層小人物不堪苦役而對統治者發牢騷發怨言的小詩。從詩中很顯而易見的，周代社會的階級衝突和矛盾十分普遍，當時底層普通百姓追求平靜和樂生活的願望其實十分困難和不易。此詩很生動地表達出勞動人民渴望歇息的心聲，以及他們的家人對他們歸家的期盼。這種底層人物和上層階級的社會矛盾、平民和貴族的利益衝突，其實從古到今都一直存在著。

縱觀當今社會，雖然已經沒有了當時那種身分等級的劃分，也沒有了所謂上層貴族和下層平民的區別，但處於現代社會的我們若捫心自問，那些資本家對勞工的大力壓榨以換取自己更多利益，普通上班族們為公司賣命奔波以換取生活所需的情形，家庭成員被忙碌的生活和加班所剝奪的美好時光，真的都不存在了嗎？恐怕答案都是否定的。千年前古代社會的黑暗現實和階級對立，在千年後的今天許多時候只不過是換了一種形式存在罷了。

而這樣的社會生活形態，我自己更是深有體會。我的父親就是這樣一位人物。由於他在他的工作領域中身居要職，因此也比普通職員肩負更多的責任和事務。常常當有緊急情況發生的時候，父親總是需要時刻待命以確定隨叫隨到。無論是在國民節假日還是尋常週末，不管我們一家人正準備享用美味的晚餐還是計畫著去郊外走走，只要有需要，一個電話他便不得不就位。常常等到夜深人靜，家人都歇下以後，他歸家的鑰匙聲才清脆地響起。除此之外，加班加點的次數更是不在話下。

在那個當下的我們心情真是失落。遠離家鄉在外求學後，我更是珍惜這樣能與家人相聚的時光，因此這樣的失落感也是比以前更加強烈。不知你是否能體會，那種一家人剛剛坐下準備好好享受天倫之樂時，突然其中一人卻要被迫離開，但這種離開真的是不得不去，因為責任，也為了生活收入的來源，不得不去承受這份壓力和難過。從前的我真的不懂，還經常埋怨父親，為什麼不任性一些，說自己不幹了，要不找個理由和藉口拒絕，這樣便能留下來與家人相聚。

但後來的我才知道，這就是〈式微〉中勞動人民那種無奈到無言的絕望，那種為了求生存的同時想要自由，想得到休息的吶喊和矛盾。明知兩者不可能兼得，但看看周遭人事，為什麼有些人就可以不費吹灰之力得到想要的一切安逸生活，但大多數人卻只能把苦和累往心裡吞，犧牲家庭時光、犧牲健康，只為得到生活所需的一切？因此只能怨統治者和那些居高位執政掌權的人吧！若他們能體察民情，不過度壓榨勞動人民的價值，那不就能緩和社會矛盾，讓人民安居樂業嗎？

「式微，式微，胡不歸？」這樣的感嘆大概也是勞動人民和他們的家人的一種自問自答吧！為什麼還不歸家的原因，所有人都心知肚明，只不過，仍舊想透過這樣的歎辭，一表內心的無奈和憤懣吧。身在這個世上的我們很多時候確實身不由己，為著每天的生活不斷地去努力，但是仍舊希望，社會制度能更完善一些，忙碌辛苦的上班族們，能有更多的時間來陪伴家人。

「唦嚓——」鑰匙插門的聲音響了起來。看到辛苦一天的父親終於歸來，一家人又能開心地有說有笑，這樣的場面彷彿等了好久好久。

作者小傳

盛成皿，來自江南水鄉的溫州姑娘，現今在臺求學於東海大學中文系。喜歡出去走走到處旅行，也熱愛身邊生活中的一點一滴。

不要愛上哥，哥只是一位舞師

呂珍玉

我從周都鎬京來到東方衛國很快就第五個年頭了，在宮中我只是個卑微的伶人，表演歌舞以娛人。從小就跟著父親學習歌舞，訓練過程吃足苦頭，沒達到父親的要求，肯定是換來一頓痛打。在這樣嚴格的要求下，日積月累磨練，我的基本功紮實，在一次激烈的競試中，擊敗千人，順利被挑選入宮，幾年下來又升任首席舞師。有一次衛君來鎬京拜訪，席間由我獨舞，他對我的舞技讚嘆不已，周天子因而把我當賞賜品送給他，於是我來到衛國。雖然受到不錯的待遇，但是他就是聽不進去我對朝政的一些善意建言。我的工作依然是每天練習舞蹈動作，排練新的舞碼，當宮廷有宴會時，提供娛樂助興節目，好讓賓主盡歡。

每年衛國國君生日都要排演新的舞碼，今年為了慶賀他五十大壽，宮中大師規劃一個大型萬舞，有駕馭馬車模擬作戰的武舞，也有拿著籥翟表演的文武，這次不是我一人獨舞，還有其他四位優秀舞者。歌舞對我而言一直以來都是生活的全部，每次表演我都盡可能將最好的一面呈現在觀眾面前，觀眾的掌聲是我最大的動力，因此我花很多時間練習，每個動作都要一遍遍演練，直到準確無誤，流暢自然，完美無瑕為止。雖然已有無數次的表演經驗，可是我還是戰戰兢兢，認真安排每天排練。訓練肢體柔軟靈活，合於音樂節拍，律動曼妙，希望表演時一氣呵成，何況這次還加上考驗體力和駕馭技巧的武舞。

為了這場大型萬舞表演，我日以繼夜辛苦練習了半年，我之所以這樣卯足全力練習，還有一個原因是因為她。每次想到觀眾席上目不轉睛凝視我的那位姑娘，就不自覺燃起了希望。她是如此沉迷在我的舞蹈中，那眼神是溫柔浪漫的，充滿難以解釋的愛意。雖然我不知道她是誰？但那目光是如此迷人，教我身不由己的，像是著了魔似的，散發渾身解數，隨著音樂舞動我的肢體，忽而飄然飛翔，又準確降落舞臺。每當目光和她交會的剎那，直教人忘了是在天上還是人間？衛君五十大壽盛會，想必她會坐在最前排觀賞，為了見到她，為了那溫柔的凝眸，我要練到爐火純青，如行雲流水。

漫漫等待，這天終於來臨了。中午時分，宮中盛宴登場，鐘鼓齊鳴，樂音悠揚。看臺上坐滿朝中豪貴官員，邊享受美食，邊觀賞節目。我一眼就看到她了，就坐在離衛君不遠處，一襲嫩黃色絲質衣裳，髻髮柔亮，玉簪搖曳，紅潤的臉頰，靦腆的微笑，美如天仙下凡。幾場表演過去，終於輪到壓軸的萬舞上場了。

我排在隊伍的最前頭，其他四位舞者都要看我的手勢，配合著表演，所以我不能稍有閃失。我從場地正後方駕著馬車進場，其他人分別從不同入口進場。戰陣樂音響起，我兩手分別拉住三條韁繩，力道均勻控制馬兒奔跑的方向和速度。馬兒雄壯的奔馳，馬車飛馳全場，這時我幻作一位英勇武士，體格壯碩，熱血澎湃，衝鋒陷陣殺向敵人。我和其他四位舞者的馬車交錯奔馳，像是作戰時兩軍交接，要控制馬車不翻車、不撞倒，這難度很高。配合軍歌鼓點，幾番交會奔馳。隊伍默契十足，表演出神入化。在快速的駕馭奔馳後，鼓聲樂音漸漸安靜下來，觀眾報以如雷掌聲。霎時間我們脫下戎裝，換上絲質長衫，戴上華麗弁帽，我左手拿著籥，右手持著山雞羽毛，隨著舞蹈動作，有節律的揮動著翠碧羽毛，這是莊嚴肅穆的文舞。籥象徵聲音和諧，翟象徵禮儀容貌，拿這兩樣東西搭配舞姿，主要是體現陰陽和諧。跳這種文舞必須全神貫注，目不斜視，神在心中，表現出謙謙君子風度。我一進一退，是如此優雅穩重，直到悠揚樂聲停止，緩緩退出場外，我才敢將眼神慢慢移向她，她朝著我梨渦淺淺一笑。表演完畢，衛君從席上下來，賜我滿滿一杯酒。這榮寵對我有何意義呢？我只不過是個跳舞供人娛樂的舞師而已。

幾天後太師交給我一封信，我打開來看，是一首詩，署名凱風，該不會是那位姑娘？

簡兮簡兮，方將萬舞。日之方中，在前上處。

碩人俁俁，公庭萬舞。有力如虎，執轡如組。

左手執籥，右手秉翟。赫如渥赭，公言錫爵。

山有榛，隰有苓。云誰之思？西方美人。彼美人兮，西方之人兮。

我很高興她這樣褒揚我，可是我們近得比什麼都遠，只能靠交會的眼神來傳達愛慕。我只是一位舞師，即便我舞技多麼高妙，衛君還是不會重用我，我的價值只是提供大家娛樂。姑娘！千萬別愛上哥，哥只是一位舞師。

作者小傳

呂珍玉，桃園縣人，東海大學中文研究所博士，現任東海大學中文系教授，講授詩經、訓詁學、詩選等課程。著有《高本漢詩經注釋研究》、《詩經訓詁研究》、《詩經詳析》等專書。熱愛教學研究工作，不知老之將至，最高興看到學生有傑出表現。

公務員的北門之嘆

林增文

《詩經》是我國北方文學的代表，也是最早的詩歌總集，它所留下的不僅是傳唱千年的美麗詩篇而已，更生動傳神地在詩篇中記錄著許多當代人物的鮮明形象，這使得幾千年前的人物得以重新活躍在我們眼前，也讓我們能夠從中學習古人各種不同的人生經驗與智慧，並體會他們所經歷過的各種悲歡離合。這些樸實深刻的生命印記，至今仍深深地打動著我們，底下我們就來感受一下《詩經》時代的公務員，也就是周代官員所唱出的無奈心曲。

〈邶風．北門〉

出自北門，憂心殷殷。終窶且貧，莫知我艱。

已焉哉！天實為之，謂之何哉！

王事適我，政事一埤益我。我入自外，室人交徧讁我。

已焉哉！天實為之，謂之何哉！

王事敦我，政事一埤遺我。我入自外，室人交徧摧我。

已焉哉！天實為之，謂之何哉！

這首詩共三章，每章七句，末三句都相同。第一章詩人以「出自北門」作為開頭，來喻示生活的困苦及心情的煩悶。北，是背的古字，蘇轍《詩集傳》：「君子仕于亂世，如出自北門，背明而向陰也。」亦即認為詩人在亂世為官，正如自北門出城，有背明向陰的隱喻作用。第二章和第三章的前四句，說明王室公家丟給自己很多工作上的壓力，回到家裡，家人不但沒有體諒或安慰，又因生活的貧苦而交相責罵。為此，詩人心中有苦卻無處可訴，痛苦不已。他不敢遷怒旁人，只有將自己的不幸歸諸天命了。

關於〈北門〉的詩旨，《詩序》云：「〈北門〉，刺仕不得志也。言衛之忠臣，不得其志耳。」《詩序》的說法，鄭《箋》從之，三家《詩》亦無異義。吳宏一《白話詩經》云：「（《毛詩序》的）意思是說：衛國「仕不得志」的臣子，因為工作繁重，生活貧苦，既得不到君主的知遇，又得不到家人的諒解，因此，在無可奈何之餘，只有歸之於天命而已。」也就是說，《詩序》、鄭《箋》和三家

《詩》都認為，透過這首〈北門〉所展現的是一位「仕不得志」的忠臣之形象。

《詩序》既說這首〈北門〉是衛國「仕不得志」的忠臣所作之詩，後世對這首詩也就常從「不得志」與「貧苦」兩個人物的形象著眼。如《世說新語．言語》：「李弘度常嘆不被遇。殷揚州知其家貧，問：『君能屈志百里不？』李答曰：『北門之嘆，久已上聞；窮猿奔林，豈暇擇木？』遂授剡縣。」其中晉．李弘度（李充）即以「北門之嘆」比喻自己家貧及未受知遇的事實；楊合鳴《詩經新選》云：「（〈北門〉為）小吏自嘆貧困辛勞之詩」；高亨《詩經今注》則說：「衛國朝廷的小官吏，俸祿微薄，不夠養家，而朝廷的瑣細事務，辛勤的勞役，都要他去擔任。他既不得志於仕途，又苦家庭生活的困難，因作此詩」；王質《詩總聞》：「當是出而幹職事，歸而遭阻間，故有怨辭」；豐坊《詩傳》：「管尗以殷畔，仕者苦之，賦〈北門〉。」《詩說》：「〈北門〉，邶之仕者，處危國，事亂君，因征役而出門，賦之以自嘆也」；牟庭《詩切》：「〈北門〉，賢者仕而困窮，自罷歸也」；方玉潤《詩經原始》云：「此賢人仕衛而不見知於上者之所作。觀其王事之重，政務之煩，而能以一身肩之，則其才可想矣。而衛之君上乃不能體恤周至，使其『終窶且貧』，內不足以畜妻子，而有交謫之憂，外不足以謝勤勞，而有敦迫之苦。重祿勸士之謂何，而衛乃置若罔聞焉。此詩之所以作也」；裴普賢《詩經評註讀本》也說：「這是一個忠誠的公務員，工作繁重，生活艱苦，受盡家人的指責，因而自嘆自慰的詩。」

也有人以為〈北門〉是一首官吏的訴苦之詩，詩人雖受到主政者的高度信任，委以重任，並無不得志之情事，但感覺付出多而收入少，加上家人對此狀況的不滿，不免發發牢騷、吐吐怨氣。持這種看法的如余培林：「〈詩序〉：『〈北門〉，刺不得志也。』按詩文既謂『王事適我，政事一埤益我』，是非不得志也。此當是嘆勞苦而不能獲報之詩。」另程俊英、蔣見元《詩經注析》也說：「這是一個官吏訴苦的詩。……他頗得衛君信任，事無鉅細都交給他處理，以致不堪其勞；而生活又入不敷出，因此還受到家裡人的責難。他內外交迫，無能為力，只得歸之於天命，寫這首詩發發牢騷，並沒有標榜自己是一個忠臣。」

還有人認為這詩的作者並非一般官吏，而是衛宣公。如薛元澤〈釋詩經〈邶風．北門〉〉：「桓公弟晉何時離開衛國，為何離開衛國，不得而知。他是因州吁被殺後，衛國人從邢國迎接他回衛國，而就任為宣公。本文認為，此詩作者是衛宣公。所謂『王事』，指的是接任諸侯之事。所謂『政事』，指的是治理衛國之事。州吁之亂時，宣公正在邢國，不在國內。室人，宮室之人，指皇親國戚。宣公回衛後，宮室裡的人認為他不問國事，在國外享福，所以交相責問、打擊他。此詩應是衛宣公回應『室人交徧讁我、摧我』的詩作。」

比較特別的是清．王先謙認為詩中呈現的是「任勞而不辭」、「阨窮而不怨」的君子形象。他在《詩三家義集疏》中云：「『終窶且貧』者，祿不足以代耕，而非以貧為病也。王事敦迫，國事加遺，任勞而不辭，阨窮而不怨，可謂君子矣。讀者因『終窶』之詞以為憂貧而作，不亦昧於詩義乎？」只不過詩人既處於「祿不足以代耕」的境地，詩中又說自己「終窶且貧」、王事與政事無端加身，在「憂心殷殷」下無奈歸諸上天：「已焉哉！天實為之，謂之何哉！」要說他是「勞而不辭」、「窮而不怨」而寫作此詩，似乎難以令人信服。

由上述諸說可知，〈北門〉雖然簡短，對於詩中的人物與形象，卻帶給人們不同的感受與聯想。由於對詩義的解讀不同，不免言人人殊，這也是詩無達詁的常見現象，不足為奇。但這首詩的主角究竟是何許人物？有沒有比較統一的形象呢？朱熹《詩集傳》云：「衛之賢者，處亂世，事暗君，不得其志，故因出北門而賦以自比，又歎其貧窶，人莫知之，而歸之於天也。」吳宏一云：「（朱子）『不得其志』、『人莫知之』，這和《毛詩序》的『刺仕不得志也』的說法，前後可以呼應。我以為詩人的悲哀，是在於『人莫知之』而非『終窶且貧』。」他又舉郭沫若《中國古代社會研究》的推論：「這明明是一位作官的人，而且是很得王的信任的，而他大嘆其『窶且貧』，受不過老婆的壓迫，只好接二連三地大喊其天。這位尊駕怕也不一定怎的貧窶，只是社會的生活程度一天一天地高漲了，人民也一天一天地奢華了起來（尤其女子），他的收入不很夠供應他老婆的揮霍，所以才那樣很誇張地長噓短嘆。總而言之，他總算是一位破產的貴族。」吳宏一不贊同郭沫若的看法：「郭氏的推論，有不少臆測的成分；在女權高漲的今天，恐怕會有很多人反對他的見解。我也不贊同他的看法，只是我不贊同的重點是在於：郭氏過於強調詩中的『社會性』，而忽略了詩人內心的苦悶。『人莫知之』的痛苦，應該比生活的貧窶和『老婆的揮霍』更令人感到無法忍受吧。」吳宏一所說即〈北門〉這首詩描繪出一位心中充滿苦悶卻「人莫知之」、也就是有苦無人知的官員形象。這種看法較能涵蓋前述各家說法，即使指實此詩的作者即衛宣公，亦不妨其因受宮室中其他皇族交相指責而生發「人莫知之」之痛苦與無奈，憤而寫作此詩的可能。

若結合近代心理學家馬斯洛的需求層次論來解讀，恐怕詩人的痛苦不只是「人莫知之」而已。首先這位可憐的公務員（廣義的官員）「終窶且貧」，連最基本的「生理需求」都無法滿足，加上同僚將公務雜事一股腦的推給他。回到家又受到家人奚落指責，「安全需求」、「社會需求」與「尊重需求」全都落空，更遑論「自我實現」了。在人類所有的基本需求都不充足的情況下，這位自覺「做到流汗」，還被「嫌到流涎」的公務員，痛苦又灰心之餘，不大喊其天又能奈何呢？

多年來，由於景氣低迷、經濟大環境欠佳，臺灣受薪階級的薪事糾結，始終沒有轉機。這兩年更因相對剝奪感作祟，連應受國家保障的公務人員，其退休金竟也淪為千夫所指的頭號箭靶，公務員的形象遭到前所未有的斲傷，處境極為不堪。揆諸數千年前的〈北門〉，詩中官員的苦命形象與當前的公務員殊無二致。撫今追昔，讀來不僅對詩中周代官員的苦處良有所感，對當前的公務員而言，恐怕更是切膚之痛而心有戚戚焉吧！

作者小傳

林增文，福建省林森縣人，出生於臺中市豐原區。東海大學文學博士，曾任高中教師、多家大型企業與外商公司人事主管，現任東海大學中文系兼任助理教授。著有《概念譬喻理論在詞作上的運用：以蘇軾和柳永詞為例》、《從當代譬喻理論解讀李清照》、《詩經章法與寫作藝術》等專書及〈紅塵客夢——由總體性隱喻閱讀解析蘇軾詞中的黃州夢〉、〈概念譬喻理論的詩歌詮釋——以蘇軾〈定風波〉詞為例〉、〈分化中的統一——《詩經．巧言》的總體性隱喻閱讀〉等多篇學術論文。

《詩經》中辛苦的官吏

呂珍玉

錢多事少離家近是每個上班族的夢想，最好每天朝九晚五，準時上下班，周休二日，待遇愈高愈好。今日受薪階級權益受到各種相關法規保護，雇主不可壓榨員工，加班要按政府規定支付加班費，否則將受到處罰。勞資雙方的關係一切依法行事，在合同契約下書寫清楚。

《詩經》中有些官吏就沒那麼幸運了，想來那時沒勞基法、基本薪資，一例一休，雇主老闆可以任意而為，這些小官吏只能聽命服從。詩人以他的妙筆生動傳神記錄他們不同的形象。先看〈召南．小星〉：

嘒彼小星，三五在東，肅肅宵征，夙夜在公，寔命不同。

嘒彼小星，維參與昴，肅肅宵征，抱衾與裯，寔命不猶。

這位官吏天還沒亮，就抱著薄被、床帳出差，急急忙忙趕路，深怕耽誤工作，被上級指責。他一路風塵僕僕，摸黑前行。望著夜空中幾顆寒星閃爍，如此渺遠深邃，想來自己真是命苦，睡眼惺忪就要離開暖被窩，還怕吵醒老婆孩子，更別說好好吃頓早餐，和妻兒道別後再離家。為什麼每天總有忙不完的公事呢？前幾天才出差，剛回到家，昨天又接到上面交代，要出差幾天到鎬京，幾個月下來，在家時間只有一兩天，孩子都快認不得爹了，為什麼每次苦差事都派我呢？小張就比我好命多了，這種趕早趕晚，餐風露宿奔走於途的差事，好像很少輪到他，人家就是命比我還好。唉！抱怨什麼？還是趕路去，這一路濕答答還真難走，寒風刺骨難受極了。天為何一直不亮？公雞是睡著了嗎？

上次去鎬京遇到一位從召南來的小王，對工作滿肚子怨言，其實我覺得他還好啊！至少待遇比我多些，不用每天坐辦公室，面對繁瑣又永遠忙不完的公事，我還真羨慕他能東跑西跑，出差兼觀光，不必每天面對一家老小怨言。就像昨天，上級又丟下一堆工作給我，大概看我老實好欺負，經常莫名其妙交辦一堆不該我做的事，我能說不嗎？為了一家人生計，只好忍氣吞聲接下工作，忙到水也沒喝，飯也沒吃。下班都已天黑了，拖著沉重的腳步走出北門，一片茫然難過到不想回家。一進門老婆就說家裡已經沒米、沒油了，大寶、二寶又要繳學費了，老爸咳個不停，也該去看看大夫了。每天我怕下班看到家中的窮酸，又怕上班看到辦公桌上堆積如山的公文，還有上司的官威，這種日子讓我感到恐懼不安。今天依然忙到有氣無力，天黑才回到家，老婆不等我放下公事包，就詰問我為何回來晚了，有借到錢嗎？那兩個不懂事的孩子纏著我要零食吃，還抱怨我不如阿毛的爸爸會賺錢。我走進房間先看老爸去，他蠟黃的臉顯得更加消瘦了。只怪我沒出息，讓一家人擠這破舊小房子，過著一貧如洗的生活。我已經很努力工作了，為何還換不到一家溫飽？只有無語問蒼天。夜深了家人都已熟睡，就著微暗燈光我寫了一首詩：

〈邶風．北門〉

出自北門，憂心殷殷。終窶且貧，莫知我艱。
已焉哉，天實為之，謂之何哉！
王事適我，政事一埤益我，我入自外，室人交徧讁我。
已焉哉，天實為之，謂之何哉！
王事敦我，政事一埤遺我。我入自外，室人交徧摧我。
已焉哉，天實為之，謂之何哉！

比起小王，我好像更加不幸，我連抱怨的話都說不出來了，難道這是天意？我還能怎麼樣？一夜輾轉難眠，明天我依然要早起上班。

雖然我沒到過召南、衛國，也不認識上面兩位，但是說起上班這件事，像我們這樣職級的小官吏都有一肚子苦水。我的情況比你們也好不了到哪裡。我們齊國國君是個超級工作狂，也不知他哪來那麼多點子？像昨天晚上該下班了，他說有點事要問問我的看法，就不過是想在臨淄城建一座學宮，我說很好啊！這樣上下就有更多交流溝通意見的場所，他又不放心怕那些老百姓得寸進尺，不知好歹。好說歹說，他總算同意；進而又談到學宮的造型設計，水池、花園建造種種細節，好不容易到了深夜才讓我回家，我拖著疲憊的身軀，回到家，家人都熟睡了。連澡都沒洗，脫下衣裳倒頭就睡著。正做一場和妻子快樂用餐的美夢，砰砰砰！急促的敲門聲把我吵醒，昏昏沉沉去開門，原來是朝中的張公公，帶著齊君的詔令，說有事急著要找我討論，我在想一定是昨晚提到要開發沿海鹽場、魚場的事，我已經跟他說等明天上朝再召集相關部門商討，沒想到他三更半夜就來宣我，提早陪他擬訂計畫，以便在上朝時報告初步構想，他經常是這樣的爭取效率。我摸黑穿上昨晚脫下的衣裳，似乎還有一點餘溫。奇怪！怎麼下身緊得很，原來我上下穿反了；我把它顛倒過來，還是怪怪的，前前後後，上上下下換了好幾次，希望沒穿反，匆忙中套上鞋子，飛奔宮中去，就怕他等久不耐煩。剛剛我跟同事提到這件事，他幫我寫了一首詩：

〈齊風・東方未明〉
東方未明，顛倒衣裳。顛之倒之，自公召之。
東方未晞，顛倒裳衣。倒之顛之，自公令之。
折柳樊圃，狂夫瞿瞿。不能辰夜，不夙則莫。

是不是令人啼笑皆非呢？可是這是真的，我每天都活在精神緊張狀態中，最怕他不下班，更怕半夜打門聲。那個點子王，工作狂一直樂此不疲，我也不能確定自己還能被他折磨多久。

不然不然！你們三國的官吏太辛苦了，像我們鄭國國君就對我們如家人，關懷備至。他在辦公廳牆上掛著一首詩：

〈鄭風・緇衣〉
緇衣之宜兮，敝，予又改為兮。適子之館兮，還，予授子之粲兮。

緇衣之好兮，敝，予又改造兮。適子之館兮，還，予授子之粲兮。

緇衣之蓆兮，敝，予又改作兮。適子之館兮，還，予授子之粲兮。

我們的官服，穿壞了，他馬上幫我們製作一件舒適的，還經常到我們辦公處所，關心我們工作的情況，甚至替我們準備餐點，怕我們工作辛苦又沒吃好。

好了！好了！你別說了，你那工作太讓人羨慕了。沒想到上司對待部屬可以如此，你們鄭國還缺人嗎？

作者小傳

呂珍玉，桃園縣人，東海大學中文研究所博士，現任東海大學中文系教授，講授詩經、訓詁學、詩選等課程。著有《高本漢詩經注釋研究》、《詩經訓詁研究》、《詩經詳析》等專書。熱愛教學研究工作，不知老之將至，最高興看到學生有傑出表現。

恬淡的美麗

陳清瑤

「愛情」從古至今就是為人所津津樂道的話題。那種剪不斷理還亂的神秘情感，讓人喜，讓人怒，讓人癡，讓人怨……一個個美麗的文字，在這些情愫下緩緩浮現，溫雅纏綿。《詩經》中有很多寫愛情的篇章。或悲或喜，可讀來讀去，最愛的還是那些甜蜜的句子。就像〈靜女〉：

靜女其姝，俟我於城隅。愛而不見，搔首踟躕。
靜女其孌，貽我彤管。彤管有煒，說懌女美。
自牧歸荑，洵美且異。匪女之為美，美人之貽。

余光中說：「一切創作中，最耐讀的恐怕是詩了。……奇怪的是，詩最短，應該一覽無餘，卻時常一覽不盡。」所謂「一覽不盡」正是因為其內斂蘊藉。中國文學講究含蓄，且不說「淚眼問花花不語，亂紅飛過秋千去」一般的婉約，縱然是熾烈如「夏雨雪，天地合，乃敢與君絕。」決絕如「皚如山上雪，皎若雲間月，聞君有兩意，故來相決絕。」香艷如「初學嚴妝，如描似削身材，怯雨羞雲情意。舉止多嬌媚。」等等，也不會像如今滿大街的「你是我的小蘋果，怎麼愛你都不嫌多。」一般的直白無味。

也正是因為「一覽不盡」，古往今來，對於《詩經》篇章，總有各種各樣的解釋。

朱熹《詩集傳》說這是「淫奔期會之詩」；《詩序》中說：「靜女，刺時也。魏君無道，夫人無德。」這樣的解釋，自然與當時的時代背景有關。而今天的我讀這首詩，卻不願意在這麼美麗的文字上加上這些沉重的意義，就當之為一首簡單的「男女相悅之詩」罷了。

詩名為〈靜女〉，卻以男子的口吻書寫。這是〈靜女〉篇的妙處，讓男子在臺前，女子在幕後。就像一封情書，說給他心愛的姑娘聽，也說給我們聽。全篇無一愛字，卻字字見情。

在男子的敘述中，這個姑娘的形象一點點清晰起來。她不是一個沉靜穩重的大家閨秀，反而大膽俏皮。這裡的「靜」字，《毛詩注疏》中說：「靜，貞靜也。

女德貞靜而有法度，乃可說也。」可我卻更同意馬瑞辰《毛詩傳箋通釋》的說法：「靜當讀靖，謂善女，猶云淑女、碩女也。」

從古至今中國傳統觀念中，女子就應該端莊嫻靜，寬容大方。實則不然。水做的人兒如何不該像水一般靈動。況且活潑聰慧的女子總是很討喜的，就像歐陽修筆下的那個「弄筆偎人久，描花試手初。」、「笑問雙鴛鴦字，怎生書？」的嬌俏可愛的女子。她的歡喜就這樣明明白白地展現在我們面前，單純美好。不知是誰說過，古時候有靈氣的女子多出自青樓。因為大家閨秀恪守禮儀反而顯得死氣沉沉。可不是嗎？有才氣的女子往往都是不拘於時的。李清照愛飲酒，常常喝得「醉不知歸路」；卓文君夜奔司馬相如，當壚賣酒……想起幾年前紅極一時的電視劇《甄嬛傳》。高高在上的皇上身邊有那麼多女子，不乏大家閨秀。可他偏偏喜歡甄嬛，那個杏花影裡盪著鞦韆，吹著簫；那個大年夜裡偷偷跑出來賞梅許願，藏起來怕被他看見的女子。這樣的靈動鮮活，才是女孩子應該有的樣子。〈靜女〉篇中的女子也如是。大膽而熾烈。等待的時候，還玩性大發，悄悄藏起來，想看看他找不到自己時的著急模樣。這一點點小心機，讓人忍俊不禁。

讀至二三段，讓我對這個女子的喜歡又多了幾分。贈物——在中國古代的傳統中一向被賦予了深刻的意義。「何以致契闊，繞腕雙跳脫」；「寶釵攏各兩分心，定緣何事濕蘭襟」。男女贈物往往是定情的表示。女孩子大膽地送給了男生禮物，這禮物又不是什麼珍貴的金銀珠寶，就是一枝小小的丹荑。其實分文不值，但又價值連城。我看見路邊的丹荑，我很喜歡，於是折下來送給我最喜歡的你。每個人都有那麼幾樣老東西，明明不值錢卻捨不得丟掉，有時候找不到還會坐立不安。它們被我們小心翼翼的收好，就像一場電影，放映著回憶。而美人贈物，何以為報？這個男子沒有報以瑛瓊瑤，雙玉盤，只是用心珍惜，這一份心意，又何嘗不可貴呢。愛情這種東西，其實很微妙。沒有幾個人的愛情能像瓊瑤阿姨筆下那麼的轟轟烈烈、驚心動魄。豪宅、跑車、鑽戒……能通過自己的努力得來當然好，可是得不到又有什麼關係呢。和愛的人一起去郊外散散步，折下一枝鮮艷的丹荑，不也很好？

或許是生活中的不如意太多了，或許是平日裡那些矯揉造作的悲情文字看得太多了，就越來越喜歡這樣恬淡的美麗。溫暖的午後，浮光掠影間，文字氤氳出一片浪漫。

作者小傳

陳清瑤，上海市華東師範大學大三學生，東海大學一〇五學年上學期交換學生。喜歡看電影，聽音樂，美食，旅行。

眷眷故國情，拳拳赤子心

毛子怡

馬蹄聲由遠及近，驛道上塵土飛揚，一輛馬車風馳電掣駛來，馬車上的女子風塵碌碌，行色惶惶。她時不時焦灼的回頭望去，在身後，一群人正在奮力追趕。身處兩難境地，許穆夫人無限悲憤，故賦詩以明心志：

載馳載驅，歸唁衛侯。驅馬悠悠，言至於漕。大夫跋涉，我心則憂。
既不我嘉，不能旋反。視爾不臧，我思不遠。既不我嘉，不能旋濟。視爾不臧，我思不閟。
陟彼阿丘，言采其蝱。女子善懷，亦各有行。許人尤之，眾稺且狂。
我行其野，芃芃其麥。控於大邦，誰因誰極？大夫君子，無我有尤。百爾所思，不如我所之。

駕起馬車快奔馳，返衛弔唁我文公。驅馬奔走路迢迢，於是前往至漕邑。後有大夫來阻攔，阻我行程心煩憂。

既然不能贊同我，怎能就此回衛國。比起你們沒良計，心懷故國思難棄。既然不能贊同我，怎能就此渡過河。比起你們沒良計，心念衛國情不已。

登上那座高山崗，採摘貝母解憂愁。女子心柔常感懷，大家各有其立場。許國大夫責備我，真是稚愚又狂妄。

走在故國田野上，蓬蓬勃勃麥如浪。奔赴大國求援助，誰能依賴誰來援？許國大夫君子們，請勿對我有責備。你們考慮上百次，不如讓我跑一回。

許穆夫人，乃嫁到許國的衛侯之女，她有兩位哥哥戴公、文公，以及兩位姊妹齊子、宋桓夫人，皆為衛宣公庶子公子頑與宣公妻宣姜所生。當衛國為狄人所滅，她的姐夫宋桓公率師迎接衛國遺民渡過黃河，並立戴公於漕邑。次年戴公逝世，又立文公。在聽到祖國淪亡、戴公去世的噩耗，身為衛國子女的許穆夫人如何不著急，只想立刻回到漕邑弔唁衛侯，拯救宗國於危難之中。但是，一則許國地小人寡，無力支援，二則「婦人非三年之喪，不逾封而弔」，因此，在一介女子快馬加鞭，義無反顧之時，許國大夫以違禮越境之由紛紛加以阻攔，於是她賦〈載馳〉以抒發自己處境的困頓。

開篇即交代許穆夫人歸國弔唁，許國大夫前來阻撓的故事發展的緣由。「載馳載驅」，一輕騎在漫天黃沙中奔馳而來。「馳」、「驅」同義連用，正表現許穆夫人歸國之心切。隻身前往漕邑絕非輕易之事，前有漫漫長途，後有大夫追趕，能跨越如此頑強的阻撓，皆乃心中一縷愛國情誼之故。

客觀的矛盾引發現實的激烈衝突。在第二章中，許穆夫人悲憤填膺，力排眾議，為自己的行為申辯。「既不我嘉，不能旋反」、「既不我嘉，不能旋濟」，在這裡，兩方人物的矛盾達到了頂峰：一邊是「爾」許國大夫的喋喋勸告，一方面是「我」許穆夫人義無反顧的勇往直前。前不能至漕邑，後不能返許國，兩難之中雙方僵持不下。「我思不遠」、「我思不閟」，心中想法不得其行，只有化作錚錚誓言噴薄而出，大有「雖千萬人，吾往矣」的豪情壯志！兩句反覆詠歎，絕不妥協的女中豪傑之形象躍然紙上。

第三章詩歌節奏放慢，情緒也漸趨平靜。夫人行動被阻，心有憂慮，一會兒登高抒解愁思，一會兒採摘貝母治療心病。「女子善懷，亦各有行」，女子雖生性多愁善感，但也有其做人的原則——即心懷感恩，願盡全力報答生她養她的母國。而許國大夫們固守舊禮、一味阻撓責怪只顯得其固執迂腐、不知變通。夫人憤怒責其

「眾穉且狂」，也隱含所思未果的無奈、失落，寫得委婉深沉，讀來催人淚下。

最後一章寫在歸途之中，許穆夫人思覓救國之策。以祖國田野起興，進一步書寫愛國之情。廣闊的田野上，麥子浩浩蕩蕩地生長著，卻無人收割，以美景暗喻山河破碎，百姓流離失所，莊稼無人打理的現實。如何能告知齊國獲得援助？夫人行邁靡靡，一路思考救國良策。「百爾所思，不如我所之」，相比坐而論道的五尺丈夫，一介柔弱女子挺身而出，真摯熱烈、沉鬱悲壯的愛國情誼，剛毅堅韌、高瞻遠矚的獨立女性形象呼之欲出。

作為中國歷史上第一位女詩人，〈載馳〉一詩不僅表達了許穆夫人強烈的愛國之情，更彰顯了獨立自主的女性意識的覺醒，是為反抗精神的張揚。從西周起，禮教便對女性進行深刻約束。《禮記．郊特牲》中「婦人，從人者也，幼從父兄，嫁從夫，夫死從子」，將女性定義為男性的附屬品。而在許穆夫人生活的春秋初期，禮崩樂壞的現實格局令禮教的約束稍稍鬆綁，為女性的反抗行為奠定了一定的社會基礎。

在年方及笄，許穆公與齊桓公同時求婚時，許穆夫人便曾自求嫁齊，懿公將與許，女因其傅母而言曰：「……今者許小而遠，齊大而近。若今之世，強者為雄。如使邊境有寇戎之事，惟是四方之故，赴告大國，妾在，不猶愈乎？」衛侯不聽，而嫁之與許。她一針見血指出政治聯姻的作用：「古者諸侯之有女子也，所以苞苴玩弄，繫援於大國也。」許穆夫人認可政治現實，並以國家利益為重，要求嫁給對母國最有利的國家而非國君選定的國家，這一舉動如何不令人感嘆感動！

古往今來，我們看到多少聰慧的女子埋沒在禮教的束縛中，閨閣中的女子無不命途多舛。古有飽讀詩書、才華橫溢者如林黛玉，最終囿於「女子無才便是德」的社會環境含恨而亡，今有敢愛敢恨、爭取自由者如周繁漪，到底在「鐵屋子」中崩潰發瘋。在當時社會背景下，面對禮教的阻力，許穆夫人立場堅定，絕不妥協，展現出沉鬱悲壯的愛國情懷與大膽的反抗精神，真不愧為我國歷史上第一位女性詩人。

作者小傳

毛子怡，四川大學漢語言文學專業三年級。倏忽桃李年華，此後經年，但求做一有趣之人，多讀書看報，少吃飯睡覺。

令人難忘的君子

呂珍玉

你心中有沒有一位始終難忘的人？是長得英俊瀟灑、多才多藝的偶像？是疼愛你、照顧你的長輩？是教導你知識、陪伴你成長的老師？還是傷害你最深的戀人？又或者是其他人？大概每個人心中都會藏著幾個永遠難忘的人，他為何使你難忘呢？相信你和他之間一定有非常密切的關係，有一段深刻的情誼，許多的故事和記憶，不論結果是愉快或者不愉快，都是深印腦海中吧！

〈衛風．淇奧〉中有一位君子，詩人也對他難以忘懷，可是他們之間似乎沒有特別密切的關係，詩人純是仰慕他的道德學問，寬廣胸襟，還有幽默風趣的特殊氣質。

瞻彼淇奧，綠竹猗猗。有匪君子，如切如磋，如琢如磨。瑟兮僩兮，赫兮咺兮。有匪君子，終不可諼兮。

瞻彼淇奧，綠竹青青。有匪君子，充耳琇瑩，會弁如星。瑟兮僩兮，赫兮咺兮。有匪君子，終不可諼兮。

瞻彼淇奧，綠竹如簀。有匪君子，如金如錫，如圭如璧。寬兮綽兮，倚重較兮。善戲謔兮，不為虐兮。

詩中寫這位君子具有如綠竹般高挺，不凋、謙虛、有節的美好品德，他治學如切磋琢磨，如金錫圭璧，始終如一專注在進德修業，腹有詩書氣自華，因此外顯出來的威儀，是如此的昭顯莊嚴，令人肅然起敬，永遠記得他的美好形象。更特別的是他不是個嚴肅無趣，難以親近的人。他身上散發出與眾不同的氣質。這氣質很難描述出來。你瞧！當他乘車出遊時，靠著精緻的車廂，遠遠望過去，那恢宏寬大的胸襟，風流儒雅的氣質，簡直是瀟灑迷人到了無以復加；而且他非常幽默風趣，喜歡開玩笑，卻能適可而止，不流於戲謔惡趣。

這樣的君子有沒有使你眼睛為之一亮呢？你身邊有沒有這樣的君子人呢？《論語》裡頭孔子經常提到君子，像是「君子懷德」、「君子無終食之間違仁」、「君子喻於義」、「文質彬彬，然後君子」、「君子泰而不驕」、「君子坦蕩蕩」、「君子求諸己」、「君子成人之美」、「君子不器」……有資格被孔夫子稱為君子的人，不外乎要具有優良的學識品格，尤其是儒家最推崇的仁義，還要胸懷寬廣，與人為善，無愧於心。看來《詩經》中這位君子絕對夠資格被孔夫子稱為君子。此外他還比孔夫子心目中的君子，多了幾分幽默與親和。雖然詩人只給他來個乘車出遊時特寫鏡頭，「寬兮綽兮，倚重較兮」，胸懷寬廣的儀態舉止，這又是怎樣的風采呢？簡潔的文字裡，賦予每個人不同的想像。加上他的博學多聞，言談有趣，又是個幽默大師，這樣的君子肯定將受到眾人歡迎，不禁讓人聯想到幽默大師林語堂、老蓋仙夏元瑜呢！

《世說新語》中魏晉風流人物，有幾位很令人難忘，像是膚質粉嫩，風姿特秀的何晏、站立如孤松挺拔，醉臥如玉山將崩的嵇康、長得明珠玉潤，熱愛清談的衛玠、坦腹東床的王羲之、謖謖如勁風下松的李元禮……每位都是氣質出眾，具有個人特質，堪稱史上英俊瀟灑美男子。《詩經》這位君子不知長相如何？也許不亞於他們吧！即便沒有好看的外貌，但他治學嚴謹，又愛開玩笑，卻不過分。這看起來似乎沒什麼大不了，其實不然，博學多聞具有高度幽默感的人，才能說話得體有分寸，了解聽者心理，出言機智，充滿智慧，讓聽者感到開懷有趣。玩笑開得好，能化解冷漠嚴肅氣氛，增進人際和諧，使群體中和樂融融。這位君子「善戲謔兮，不為虐兮。」玩笑開得恰到好處，流露出自己的慧黠，也不傷人尊嚴。《世說新語》

〈排調〉中所錄人物言行，雖然充滿機智，但嘲弄、反擊太兇，也會令人難以招架。例如：

諸葛令、王丞相共爭姓族先後。王曰：「何不言葛、王？而云王、葛？」令曰：「譬言驢馬，不言馬驢，驢寧勝馬耶！」

王導答諸葛恢的話相當機智，也很幽默風趣，但是想必諸葛恢聽完後，必然臉紅尷尬，甘拜下風，無言以對。

〈淇奧〉詩中令人難忘的君子是誰？傳統舊注說是衛武公，不論他是何人？無疑是中國文學作品中最早出現受人歡迎的一位君子。時下社會很難尋得一位君子典範，缺乏學習效法的目標，造成短視近利風氣，〈淇奧〉詩人寫下這樣一位典範人物，或許希望衛國人有個學習對象吧！而我們現在呢？典範在哪裡？

作者小傳

呂珍玉，桃園縣人，東海大學中文研究所博士，現任東海大學中文系教授，講授詩經、訓詁學、詩選等課程。著有《高本漢詩經注釋研究》、《詩經訓詁研究》、《詩經詳析》等專書。熱愛教學研究工作，不知老之將至，最高興看到學生有傑出表現。

隱逸之色名爲白

陳敏柔

隱士是白色、是我們內心最純淨的自然，永矢弗諼！

每當你對於世界、社會，甚至於周遭的紛亂感到心煩意亂時，是否曾想過一仿古人隱逸居住深山的情景？

我就想過了。隱居啊，假如未來的我有這麼一個機會，也挺想試試看的！是，想過無數次，我會聯繫起許多關於自然、隱逸、隱居的一切事物，包括老莊的自然無為論，竹林七賢居於竹林的暢意，以及張衡的〈歸田賦〉等。而其中，提及隱士，當然還是得提及《詩經》的〈衛風．考槃〉。

考槃在澗，碩人之寬。獨寐寤言，永矢弗諼。

考槃在阿，碩人之薖。獨寐寤歌，永矢弗過。

考槃在陸，碩人之軸。獨寐寤宿，永矢弗告。

自得其樂居住於山澗，碩人的胸懷多寬大。獨睡獨醒獨自言語，永誓不會忘隱居的高潔理想。

自得其樂居住於山丘，碩人的胸懷多寬廣。獨睡獨醒獨自歌唱，永誓不會忘隱居的歡樂舒暢。

自得其樂居住於高原，碩人的內在涵養深。獨睡獨醒獨自宿坐，永誓不到處哀告不改變初衷。

〈考槃〉對我而言是一首很有意趣的詩，它像是活靈靈地展現了一個隱士享受於隱居生活的快樂抒發，且山澗無情融於有情，孤獨一詞不存在於此詩，有的只是隱士獨居的無比快樂。《孔叢子．記義》中記載，孔子論此詩「吾於考槃見遁世之士而不悶也」，相信這說法與素來誤解為「隱士獨孤的隱居生活」是違反的，從孔子對於隱居生活樂趣的肯定說法來看，也許會較為正確。

不止孔子，從來許多歷代學者認為這是讚美隱士的詩作，如朱熹《詩集傳》說「賢者隱處澗谷之間」也對此有所表示，但《毛詩序》則說了：「〈考槃〉，刺莊公也。不能繼先王之業，使賢者退而窮處。」認為這是一首諷刺衛莊公不用賢人，導致賢人退而隱居山澗的詩。然對於這個觀點，個人是認為在〈考槃〉一詩中，隱士言辭行動的自由與清逸閑適的環境可能有點對不上這個說法，據此我是撇開諷刺這一說，從賢人隱居之樂的視角來剖析這首詩，其一更貼近詩作說辭，第二異想詩人的隱居意境也可謂美哉。

從隱居生活的角度來看，全詩從隱士居住澗、阿、陸等一些幾無人煙的地方，從而敘寬廣已不只體現在外在，也體現在隱士的心中，如自然中寬廣天地的意境。我覺得這是隱士與外在群體的一種隔離形式，他獨居於山中小屋，卻實現內心那一片的自由寬廣，以老莊說法而言，這已屬「自然」，隱士順應自我，回歸自然。他獨自言語、高歌與入眠，但心中抱持的卻不是孤獨無奈，而是一股高潔的初衷、享受在隱居樂趣的生活中的表現。

> 順從自己而生活，順從自然而生活。自然，「Nature」。

取一段「犬儒派」的說法來說：

Nature 是人的自然本能，不必顧忌別人的眼光，儘管隨心所欲地過自己的生活。

我相信〈考槃〉中的隱士就是如此，Nature。脫俗的隱士，自得其樂，豈不快哉？四周山澗水田環繞，大自然彷彿與人融為一體，你的手邊是一杯溫熱剛泡開的茶，你坐在敞開的門外，遠景是蔥翠的山林，肌膚碰觸的是一陣來自炎夏的熾熱與清涼氣息的衝撞。那裡不會有關於一切可以提醒你是活在二〇一六年或高科技現代的東西，你聆聽的是大自然的聲音，也許是蟬鳴蛙叫，又或是潺潺水聲，更可以是那一小片落葉輕輕墜地的聲響。一切你所能想像到的大自然之聲，都可從你那左右兩側的靈魂之門進入你內心最深層的心臟中、賦予一份最自然真誠的感動。

自然是最迷人的，像一劑回歸最初的形態，〈考槃〉中隱士的快樂，可能就是遵從了自我之心、跟隨自然的生活方式，找到了最簡單的幸福與初衷吧！只能說，現代中的奢華繁彩，有時仍比不上一道劃過天際的純白色彩的美。如若做不到隱士的山澗獨居，於心境上作一「偽隱士」的心態其實也不差，精神的超脫，我想還是可以勝於一切外在侷限的。

隱士是白色、是我們內心最純淨的自然，永矢弗諼！

作者小傳

陳敏柔，東海大學中文系大三生，喜小說、戲劇、小旅行。

茫

施盈佑

他，消失在赭黃鑄鋁門的門縫裡，讓四十八坪的世界，暫時恢復寧靜。

氓

空盪無人語的客廳，只剩黑框裡的蕭峰，摟抱阿朱跪坐青石橋上。無論看書看劇，這都是個動容的經典橋段。不過，我卻置身事外，此刻思緒流轉……

女兒在未出生前，我已隔著她母親肚皮誦讀《論語》，從〈學而〉到〈八佾〉的閱讀距離，恰好走過懷胎十月。《論語》雖未深植女兒心，但耳朵有了最熟悉的聲音，那時撫平無數個不安的夜晚。

三歲的某個夜裡，女兒對我大吼，「我不想背《論語》了！我不想背《論語》了！」取而代之的是，節奏明確的五言絕句，加上父親耍寶的帶動唱。那時，搖頭晃腦的唐詩，陪伴我們父女有好幾年。

在活潑好動的國小階段，一起閱讀了《史記》、《世說新語》及《搜神記》。偶爾利用週六上午，練習改寫古典小說，藉以厚積女兒的文學素養，那時與萬千臉譜笑談人間世。

課業壓力日益增大的國、高中，為了避免女兒情竇初開而誤入歧途，有意無意就來個機會教育。那時，若有爭執不下，《詩經》總會另闢新局，乃至突圍解困。最感謝的，莫過〈衛風〉裡的「氓」：

氓之蚩蚩，抱布貿絲。匪來貿絲，來即我謀。送子涉淇，至于頓丘。匪我愆期，子無良媒。將子無怒，秋以為期。

乘彼垝垣，以望復關。不見復關，泣涕漣漣。既見復關，載笑載言。爾卜爾筮，體無咎言。以爾車來，以我賄遷。

桑之未落，其葉沃若。于嗟鳩兮！無食桑葚。于嗟女兮！無與士耽。士之耽兮，猶可說也。女之耽兮，不可說也。

桑之落矣，其黃而隕。自我徂爾，三歲食貧。淇水湯湯，漸車帷裳。女也不爽，士貳其行。士也罔極，二三其德。

三歲為婦，靡室勞矣。夙興夜寐，靡有朝矣。言既遂矣，至于暴矣。兄弟不知，咥其笑矣。靜言思之，躬自悼矣。及爾偕老，老使我怨。淇則有岸，隰則有泮。總角之宴，言笑晏晏，信誓旦旦，不思其反。反是不思，亦已焉哉！

「二三其德」的氓，在任何一位父親眼中，都是個絕對不能嫁的壞男人，也理所當然成為恫嚇女兒的不二選擇。而不管怎麼看，那個剛剛存在但現在不存的身影，就是氓。

農民曆紅字

三個多小時前……

「辰時，宜訂婚嫁娶。」一本攤開的農民曆，幾個酒紅小字張開血盆大口，似欲破紙而出，不禁讓我打個冷顫。

廚房傳出清朗笑聲，我斜眼瞥見母女兩人的眉開色舞，心裡更是一片愁雲慘淡。

門鈴終於響了。

女兒的母親，快步神速奔向大門，迎來紛雜的寒喧話語。

「石媽媽，好久不見。」
「蘇服，好久不見啊，最近公司忙吧？」
「對呀！是有點忙，農曆年前都是這樣。」
「石媽媽，我買了您最愛吃的水梨。」
「每次都帶伴手禮，很破費呢。」
「不會啦！」
「下次別再花錢買東西。」
「石媽媽，訂婚就在一月七日，可以嗎？」
「我沒有意見，你們年輕人決定就好了。」
「石爸爸在客廳，你先去跟他聊聊天。」

皮鞋鞋頭

耳朵聽到這一句話，自然而然往玄關瞅了瞅，準備用火眼金睛瞟盯謀面才幾次卻要奪走我寶貝女兒的男生。但，他，正欲側身脫掉鞋子，使得瞋怒目光無處渲洩。而順隨視線的滑落，皮鞋包裹著右腳，亮黑色的鞋頭，沒有任何一條折痕。再看左腳的皮鞋，竟也一樣。

沒有任何一條折痕？

多詭異！

年輕時，多少個夜晚沉淫在《CSI犯罪現場》，早已培養出敏銳的偵探眼。何況，在「父親」二字加持後，任何風吹草動都能明察秋毫，任何忠奸善惡都能審慎明辨。記得，中學時，一大清早的校門口處，訓導主任總是啟動安靜模式，除了鷹眼的溜轉外，真如無血無淚的人型看板。然而，當發現白目學生沒有將皮鞋擦拭黝亮，瞬間變成抓狂模式，就像《七龍珠》裡滿月巨猿化成悟空。年少無知又懦弱膽小的我，怎能抵抗暴走的賽亞人。因此，絕大多數時間，皮鞋只好委屈求全地煥然如新。表面上，舊鞋如新是一種規矩，內地裡則是恐懼，同時意味著應付的假象。

在父親的法眼裡，縱使有隱身塗層的B2轟炸機，也會無所遁形。沒有任何一條折痕的鞋頭，如何藏匿？

鞋頭怎麼可能沒有折痕？皮鞋不同於布鞋，只要走幾步路，就會產生折痕。除非，有一種不可思議的走路方法，但想也知道，那是不可能。所以，沒有任何一條折痕的原因，合理懷疑是「假象」。假象，為何要製造假象？背後藏著什麼秘密？光鮮亮麗的鞋頭，是否掩飾什麼？難道，前些日子曾說，為了結婚而買的五樓透天厝，是張空頭支票？難道，年入千萬的貿易商，卻是販毒的偽裝？難道，利用假結婚誘騙女性，實則卻要推入火坑？難道，……

鐵觀音

他，由玄關轉進客廳。

「石爸爸，早安，好久不見。」他，假裝很有禮貌、很有精神的問候。

「嗯。」我用最有氣無力來回應。

接著，他，很熟稔脫下西裝外套，掛上乳白色衣架。

「石爸爸，你在看ＮＢＡ呀！我最近也有開始研究，那個JACK超厲害，球評一直說是ＬＢＪ的接班人，魁武的坦克身材，閃電的過人速度，加上近五成的中長距離跳投……」

「喝杯茶。」我心想，這是關上嘴巴的最好方法。

第三次沖泡的鐵觀音，依然是九十度熱水，翻滾陶壺裡的重焙球型茶葉。茶湯沿著壺嘴流進聞香杯，鼓動一陣又一陣的炭燒醇厚，再倒入品茗杯，搖盪一波又一波的金黃琥珀。

「喝吧！」我比了比手。

「謝謝。」他，想也沒想，咕嚕一聲，入口即沒。

「不燙嗎？」目睹人生最荒謬的畫面，我忍不住訕笑譏諷。

「……是有點燙，但很好喝。」他，遲疑一下，然後傻笑說。

面對一杯色香味俱全的上等好茶，卻不知好好品嚐，那怎麼可能善待一位才貌兼備的好女孩？豪邁的一口喝盡，僅能引動狂風暴雨的畸戀；輕柔的啜口慢飲，才是孕育細水長流的愛情。

刺青

「蘇服，幫忙將水果拿到客廳。」女兒輕喊著。

他，站起身，邊繞過茶几，邊捲衣袖……

「咦？刺青！」我有點吃驚，而且因為發生得太突然，未能看清是什麼刺青。

刺青，不應該出現在一個正常人身上。《水滸傳》裡的花和尚魯智深、九紋龍史進，雖可說是官逼民反的英雄，但也是殺人不眨眼的草莽。更甚於此者，我年輕時的民情風俗，只有唱過〈綠島小夜曲〉的アニキ（黑道大哥），或是混跡江湖的太保太妹，方夠資格「龍飛鳳舞」。

片刻之後，他，走回客廳，當放下水果拼盤時，看得再清楚不過。左手前臂上，刺著2029四個數字，每個數字如十元銅板大小，全部是偏黑的墨綠色。

我又開始讓腦袋思索。

「2029？2029？」

「數字，至少，不是刺龍刺鳳。」

「二〇二九年？與女兒相識的紀念日？與女兒情訂終身的紀念日？」

「不對，不對，二〇二九年，還沒滿十八歲，有規定，不能交往。」

「那，會不會是，前任交往對象……」

「不會，希望不會，若是？」

「心裡還裝著另一個人？」

「女兒會幸福嗎？」

女兒不足四歲的二〇一五年，《剩者為王》正在電影院熱映。劇中飾演父親的金士傑，這樣跟女兒的交往對象說，「因為我是她父親，她在我這裡，只能幸福，別的都不行。」那時，我哭了，雖然沒有哭倒萬里長城，卻也哭濕一整包柔情抽取式衛生紙。

「女兒會幸福嗎？」我反覆問著自己，即將老去的父親，必須將緊握她的手放開，再讓跟父親一樣愛她的人，緊緊握著她的手。

「她在我這裡，只能幸福，別的都不行。」
「她在別人那裡，也只能幸福，別的都不行。」

茫

女兒的母親，走進客廳，坐在身旁。
女兒，也走進客廳，與他同坐。
一個上午的時間，決定了女兒的終身大事。
好幾次，想要阻擾過於流暢的商量，但女兒似乎察覺我的意圖，總在關鍵時刻送上微笑。那微笑，嘴角略為上揚，不矯情的弧線，完美懸掛臉蛋，猶如小時候睜著烏溜大眼瞧我的模樣。我，微笑地回應，只是今日的微笑，被加入太多檸檬調了味。
所以，絕多數的時間，我是沉默而茫然。

作者小傳

施盈佑，民國六十五年出生，東海大學文學博士。現任逢甲大學國語文教學中心博士後研究員，曾於東海大學中文系、靜宜大學通識教育中心、臺中教育大學語教系、勤益科技大學通識教育中心等擔任兼任教師。

爲愛所負

葉雪婷

哭得累了，我躺在地上靜靜看著手臂上一片片的青紫，後背也傳來陣陣痛感。已經數不清是第幾次了，他又打罵我。當初，當初是怎樣地鬼迷了心竅，我不惜忤逆父母，只為了嫁給了這樣一個男人。

桑之未落，其葉沃若

那天春色如許，陽光下，他穿著粗布短衣，抱著布匹，一臉憨笑地向我走來。

「用我的布換你的絲可好？」

「好。」

「那……換你的人呢？」

我不記得那天的晚霞和我的臉頰哪個更紅。

從市集到頓丘的路，彷彿格外的短。過了淇水西，他仍然冷著臉不理睬我，我又羞又委屈，他總不能讓我和他私奔吧！

「別送了，你回吧。」他要出城了。

「我……我又不是拒絕你。我在家等你來提親好嗎？」我慌張地解釋著。

他不語。

「你別生氣了。除了你，我誰都不嫁。我們說好的……秋天，最快秋天我就是你的新娘了。」我小心翼翼地扯扯他的衣袖，「你別生氣了。」

夕陽把他離開的背影拉得很長，我捨不得，想伸手去拉。我們約好秋天來提親，再等等吧，秋天又能再見了。

「我不許你嫁給他！」爹爹氣得吹鬍子瞪眼，娘扶著他輕輕拍背順氣，也不敢再幫我說話。「西街雜貨鋪店的小二子打小就喜歡你，你又不是不知道！嫁過去，你就不用再去市集拋頭露面了，」爹爹說道，「可不比跟了那賣布的小子日子好？」

「可我就喜歡他，他賣布我就陪他賣，不就和我幫家裡賣絲一樣嗎！再說了，現在窮又不代表以後沒本事！」我跪在地上，眼神倔強地說：「他發誓會對我好的！我非他不嫁！」

後來爹大抵出於失望不再管我，我便每天爬上那垛破城牆等他。可關門前人來人往，卻沒有一個是他。眼淚兒夜夜流，他怎能對我負約……這天我坐在土牆上數入關的人頭，正數到二三七呢，突然就笑了。那麼多人裡，我一眼就看見了他。終於來了！聘禮不多，爹仍舊是不高興的，我倆去合了八字，看了卜筮，沒有凶卦。爹讓他回去打發車子來迎娶，娘把我的嫁妝也備好了，到時用車一併搬去。那時歡天喜地，不曾想，這一走，我的人生便丟了春天。

言既遂矣，至于暴矣

卯時一刻，雞未鳴，鐘未響。起床，餵雞，打水，做飯。辰時鐘聲傳來，我已進入機房織布。上午還要出去買菜，下午還要出去賣布。天氣早已轉涼，溪水冰涼刺骨，我還是抱著木盆準備去溪邊漿洗衣服。今天陽光不錯，來溪邊的婦人挺多，三五個聚在一起交頭接耳地說著什麼。我緩步走過去，正想著打個招呼，大家看到我卻都噤聲不語，面帶尷尬。這可真是莫名其妙……

自打他在鎮裡找了份差事，年前小姑子又嫁了出去，家裡日子寬裕了些。我在灶上燒上水，準備去叫阿母洗澡。還未來得及敲門，我便聽到他的聲音：「……盡快找個日子……上門提親。」我已經聽不清他後來說了什麼……他要娶別人了？他為什麼要娶別人？他怎麼可以這樣！我氣得推門而入，哭著質問他……那天，他第一次打我，用他曾經那樣溫柔地撫摸過我的手。

士也罔極，二三其德

新娘是他東家的小姐，提親不順，他一身怨氣無處發洩，打罵我漸漸成了家常便飯……上個月大哥來看我，見我眼角一片烏青，我也不敢說出真相，若是家人知道我當初非他不嫁換來的是這番結局，未免會笑我不知好歹、自作自受罷。

新婦進門那天，家裡張燈結綵，喜氣洋洋。我把自己關在房內：換上我結婚那日的單羅衫、大紅色的繡夾裙，足下躡絲履，頭戴棠棣花，再拿出白玉的耳墜子，最後打開口脂盒。蘸取口脂的手突然一頓：手背上的裂紋深淺不一，手心粗糙泛黃，每根手指和手心連接的地方還有厚厚的老繭。再抬手，鏡子裡的人一點一點變得唇紅齒白，卻始終面色陰鬱，眉眼憂傷。我眼神呆滯，手指無意識地緊緊捏著裙子，徐徐摩擦，不知道是在想著一雙手的老去，還是一個新人的到來。

為何男人在愛情裡如此善變？小時候，我們扮家家酒，我當新娘，他和雜貨鋪家的老二就爭著做新郎。他每次見我都把私藏的糖果分給我，要我選他做新郎。那個時候我們多麼天真無邪啊？後來長大，相愛時也有過許多海誓山盟，他也信誓旦旦地保證會一輩子和我好，今生只愛我一個。可此刻卻是窗外新人拜堂歡聲笑語，屋內舊人自憐天真可欺。

眼前突然一暗，原來是他又回來了。「躺在這裡裝死嗎？還不快去做飯！」我緩緩側過身體，想用手撐著地爬起來，他突然又一腳踢來，「不想起就給老子繼續躺著」。下腹一陣劇痛，我疼得說不出話辯駁，身下好像有什麼緩緩流走了，眼前漸漸瀰漫出一片血紅色，我失去了意識……

為何女人在愛情裡那麼傻呢？我和他青梅竹馬，後來喜結連理，我以為就算一輩子粗茶淡飯，至少我們會一直相親相愛。可我什麼都沒有做錯，他卻變了心。我也內疚自己久無所出，可現在，孩子也沒了。都是報應嗎？是我當初被愛情引誘而五迷三道的報應啊！

坐上馬車，懷裡揣著休書，我意外地沒掉一滴眼淚，大抵這就是佛家所謂的「大悲無淚」。淇水滔滔，卻不再是我當年為愛而經的河；旦旦誓言，卻不再是讓我笑靨如花的蜜。「請停一停車」，我還想再看看這湯湯淇水。如今這番光景，我還有何顏面去見父母，天地茫茫，又該如何自處？此生為小人所耽，為愛所負，再無留戀，何不歸於滾滾淇水，若能逆流回總角之時，將那顆糖歸還給他……

作者小傳

葉雪婷，女，二十歲，四川大學漢語國際教育專業在讀。興趣廣泛，特長稀少。上懂天文能揭瓦，下知地理會掏溝。

女人悲歌千秋載

〈衛風・氓〉

黃耀賢

氓之蚩蚩，抱布貿絲。匪來貿絲，來即我謀。送子涉淇，至于頓丘。匪我愆期，子無良媒。將子無怒，秋以為期。

乘彼垝垣，以望復關。不見復關，泣涕漣漣。既見復關，載笑載言。爾卜爾筮，體無咎言。以爾車來，以我賄遷。

桑之未落，其葉沃若。于嗟鳩兮！無食桑葚。于嗟女兮！無與士耽。士之耽兮，猶可說也。女之耽兮，不可說也。

桑之落矣，其黃而隕。自我徂爾，三歲食貧。淇水湯湯，漸車帷裳。女也不爽，士貳其行。士也罔極，二三其德。

三歲為婦，靡室勞矣。夙興夜寐，靡有朝矣。言既遂矣，至于暴矣。兄弟不知，咥其笑矣。靜言思之，躬自悼矣。

及爾偕老，老使我怨。淇則有岸，隰則有泮。總角之宴，言笑晏晏，信誓旦旦，不思其反。反是不思，亦已焉哉！

在男性主義下的愛情悲劇重複了千年，世道險濁人心叵測，《聊齋》中的鬼魅對比人心的腐朽簡直「純潔」，《詩經．衛風．氓》道出了女性千年的辛酸，從戀愛結婚到受虐被棄，詩中字句宛若微電影般歷歷在目，女子以血淚種成的苦澀荊棘，只能不停地往自身穿刺，現實的殘酷讓她把血淚吞下，悲得令人心酸，那歷經了三千年的淚，到我手上竟還是熱的。

「古月照今塵，古情通我心」，就算是千年前的文字表達的情感，卻常能與今日的新詩共鳴，女子的哀怨宛若一首愛情詩：

愛情降臨前
一直以為愛情是朵虛幻的泡泡
裡面蘊含無限的憧憬美好
當泡泡破滅後
裡面原來包藏無窮的失望悲傷
一紙公告冷淡撕裂你我

我搭上最北的那一車廂，你卻搭上了最南的那車廂
信是綿長的鐵鍊將你我之間的聯繫拴住
逐漸以為無堅不摧的鍊結
開始分崩離析
對你的信任點滴的剝落
我的心也碎裂四散一地
任你無情的回應踩踏
我的熱情與你的冷漠同在翹翹板上
熱情盪到天際冷漠卻已到底
劃出的完美弧線是一彎無情的諷刺
或許我只是你的調味料
專職於為生活加味
在你巧手下生活感情拼湊出多彩的萬花筒
而我仍獨自守候失望的深淵
原來你心目中的天堂是我的地獄

「氓之蚩蚩，抱布貿絲。匪來貿絲，來即我謀。」鮮活的痞子形象展露無遺，那個流裡流氣的人，嘻皮笑臉又有點不知所措地抱著布來買絲，女的也心知肚明，這哪裡是買絲，是打我的主意，但還是上鉤了。

這是愛情悲劇的開始，女子心裡也知道也許這一許諾將是幸福的火葬場，卻身不由己地答應氓不安好心的婚約，開啟了地獄生活的無限沉淪，在婚前，她懷着對氓熾熱的深情，勇敢地追求自己的愛情。按理說，婚後的生活應該是和睦美好的。但事與願違，她卻被氓當牛馬般奴役，甚至被打被棄。

氓並未體諒女子，責怪她耽誤婚期，猴急粗魯，不按禮俗迎娶；女子真誠懇切，她登上那堵壞城牆，等他再來，接著終於她望見氓了，載笑載言地，多高興啊！看得出她已經癡了，但是當時婦女在社會家庭中皆無地位，這種政治、經濟的不平等決定了男女在婚姻關係上的不平等，使氓得以隨心所欲地玩弄、虐待婦女而不受制裁，有拋棄妻子解除婚約的權利，那種夫妻間的悲劇則越演越烈，做牛做馬多年，為家犧牲奉獻，得到的卻是極為淒涼的冷漠，我想這也許比李清照的「尋尋覓覓，冷冷清清，淒淒慘慘戚戚。」更為悲涼，她雖曾勇敢地衝破過封建的桎梏，但她的命運，終於同那些在父母之命、媒妁之言壓束下逆來順受的婦女命運，很不幸地異途同歸了。這也恰似一首新詩：

兩人相處中
承諾是道枷鎖
當說出口便鎖住了你
刑期由你自己決定
承諾只鍔得住真心的人
縱使無形卻甜蜜的綁住執著的心
對想飛的人
即使承諾綁緊花心
但手中握住的鑰匙——『背信』
卻隨時隨地在想飛時解開道德的枷鎖

因此「士之耽兮，猶可說也；女之耽也，不可說也！」詩人滿腔憤懣地控訴了這社會的不平，使這詩的思想意義更加深化。詩中女主人公的慘痛經歷，可說是階級社會中千千萬萬受壓迫、受損害的婦女命運的縮影，故能博得後世讀者的共鳴。

「于嗟鳩兮！無食桑葚。」叫鳥兒不要吃桑葚，因為桑葚會醉迷身心，女子一時耽溺愛情，落得如此遇人不淑的下場，雖然女子的選擇是自我意志，後世卻難以責怪女子「醉有應得、罪有應得」，因為極不忍心，現實社會的殘酷，把女性的尊嚴毀滅，竟覺得理所當然，兄弟輩的竟不能體諒女子身心的雙重煎熬，對於男子的負心，女子也只能把苦痛往心裡吞進，無奈至極，什麼山盟海誓，都是過眼雲煙的謊言。

女子的心情宛若一首新詩〈超級販賣機〉：

我覺得飢渴。
我投下所有的錢，
它什麼也沒給我。
我只好把手腳給它
又將頭遞過去
但還不夠。
我繼續讓它吞噬其它的肢體，
它仍舊不給我任何東西。
最後我把靈魂也投給了它。
它吐出一副骸骨

並漠然顯示
「恕不找零」

如果比作電影，這首詩的剪接手法可謂極高超純熟，「淇水湯湯」是這一段最鮮明的畫面，且不說河水總有「逝者如斯夫」的意象，「漸車帷裳」這個細節，令人深刻難忘只更有甚之。想人在大事之中最會記住的，往往也就是一些特別的小地方。這一段回溯，讓全詩的感染力更深、更增；這一個跳躍，絲毫不遜先前。怨嘆收尾，也是熨貼至極的了。

女子的生命是鮮活的悲劇，如今仍然上演著，以千年的傷疤吶喊著男性主義的壓迫，是如此心狠手辣，這首詩應該是悲得泣不成聲的，捧著海量般的血淚歌詠出來的，有時生命當中勇敢渴求的，終將化為一絲哀嘆，數著女子的淚珠，不知不覺地淹沒了中國的歷史……。

作者小傳

黃耀賢，東海中文系四年級學生，喜好硬筆書法、歌唱、小品文寫作及表演藝術，未來發願成為大學教授，傳遞中國文學智慧結晶。

棄婦的回想

李貞儀

中谷有蓷，暵其乾矣。有女仳離，嘅其嘆矣。嘅其嘆矣，遇人之艱難矣。
中谷有蓷，暵其脩矣。有女仳離，條其歗矣。條其歗矣，遇人之不淑矣。
中谷有蓷，暵其濕矣。有女仳離，啜其泣矣。啜其泣矣，何嗟及矣。

「請別休棄我，難道你已經忘記那些曾度過的時光，以及曾說過的誓言了嗎？別離開我啊！」一名女子哭喊著，向前方那個頭也不回的男人伸出手試圖抓住他，但抓住的只是一把空氣，而男人已消失在黑暗之中。

「原來只是夢啊……。」從夢中驚醒的我心想，不經意的摸向身旁的那個位置，回應我的只是一手的冰涼。被休棄回家已經有一個月了，當初的景象仍然深印在我腦海中揮散不去，以至於這一月中做的夢十有八九是重現當時的情景。回憶起那人的臉上面無表情，以及眼中時不時流露出的不耐，總讓我想著當初那對我說會將我捧在心上，要求我嫁他的少年是何時變成這副模樣了呢？

氓之蚩蚩，抱布貿絲。匪來貿絲，來即我謀。送子涉淇，至于頓丘。匪我愆期，子無良媒。將子無怒，秋以為期。

乘彼垝垣，以望復關。不見復關，泣涕漣漣。既見復關，載笑載言。爾卜爾筮，體無咎言。以爾車來，以我賄遷。

桑之未落，其葉沃若。于嗟鳩兮，無食桑葚！于嗟女兮，無與士耽！士之耽兮，猶可說也。女之耽兮，不可說也。

桑之落矣，其黃而隕。自我徂爾，三歲食貧。淇水湯湯，漸車帷裳。女也不爽，士貳其行。士也罔極，二三其德。

三歲為婦，靡室勞矣。夙興夜寐，靡有朝矣。言既遂矣，至于暴矣。兄弟不知，咥其笑矣。靜言思之，躬自悼矣。

及爾偕老，老使我怨。淇則有岸，隰則有泮。總角之宴，言笑晏晏。信誓旦旦，不思其反。反是不思，亦已焉哉！

從小我倆就是青梅竹馬，總是玩在一塊兒，雙方家長對於婚事可以說是樂見其成，因此從小我就認定你將是我未來的新郎，我們將會這樣攜手共度一生。

在某天你突然抱著布想來和我換絲，但我知道你其實是想和我謀劃我倆的婚事，而後在那年秋天我們終於結婚了。婚前，我對於這兩個字有著美好的憧憬，認為那代表著兩人之間的愛情昇華成了家人，兩人組成家庭孕育教養下一代；但結婚後我對當初那認為兩人間只需愛情的我感到天真。

婚後，當我接手照料家務事，每日夙興夜寐，只為維持家中秩序，讓在外邊工作一整天辛勞的你回來之後可以舒適的休息，而你回報我的卻是酒後暴力以及嫌棄我所做的一切。但當時的我總歸是天真的，你在酒醒之後的甜言蜜語及帶給我的那些別具巧思的小玩意兒將我哄得一愣一愣，認為那些暴力及嫌棄不過是你在外頭受了氣的發洩，做不得數。於是日子就這樣一天天的過去了。

習習谷風，以陰以雨。黽勉同心，不宜有怒。采葑采菲，無以下體？德音莫違，及爾同死。

行道遲遲，中心有違。不遠伊邇，薄送我畿。誰謂荼苦，其甘如薺。宴爾新婚，如兄如弟。

涇以渭濁，湜湜其沚。宴爾新婚，不我屑以。毋逝我梁，毋發我笱。我躬不閱，遑恤我後。
就其深矣，方之舟之。就其淺矣，泳之游之。何有何亡，黽勉求之。凡民有喪，匍匐救之。
不我能慉，反以我為讎。既阻我德，賈用不售。昔育恐育鞫，及爾顛覆。既生既育，比予于毒。
我有旨蓄，亦以禦冬。宴爾新婚，以我禦窮。有洸有潰，既詒我肄。不念昔者，伊余來塈。

婚後第三年，你從外面領了一個身材穠纖合度，面貌姣好的女子回來，向我說：「從現在開始你們倆就是姐妹了，要好好相處，家中事務如果忙不過來的話就交給她吧！」我看著你的臉無言以對，試圖在上頭讀出一點點愧疚抱歉的神情，但是我失敗了，你的臉上只有對我的不喜及厭倦。那天以後，我只能在遠處看著你和那女子打情罵俏，卿卿我我，吃著我做的食物、拿我做的魚笱在河邊撈魚，回憶著當初的我們也有如此時光。然而韶光易逝，如今我已不再是那個被你護在手掌心上的人了。

被休棄的那天，一切突如其來，直到現在我仍記不清當時到底發生了什麼事，唯一記得的只有你將我的物品打包成一箱放到門外，拿給我一紙休書對我說：「我倆之間情感不再，從今以後再不相往來。」並送我到門檻邊。我伸手抓住你的衣袖，並哭喊著：「當初娶我時說的執子之手與子偕老都是騙我的嗎？難道你都忘記那些山盟海誓了？」然而你袖子一甩，將我手甩掉後便頭也不回的走了，留我一人在門外哭泣。

從那過了一月，如今躺在床上回想，其實很多事都有預兆的。像你不愛我這件事，打從你喝醉後會對我使用暴力開始就該想到的，然而當時的我沉溺於愛而選擇忽視掉那些前兆，一味的為你找著藉口，認為你還是愛著我的，現在想想還真是愚蠢。

「反正都被休棄了，如今再想這些不過是徒增心傷而已。」我在心中對自己如此說道，於是翻個身閉上眼，再度沉入夢鄉，希望今夜不再作噩夢！

作者小傳

楊雁筑，生於桃園縣。因為覺得從小一直生長在同個地方會很無趣，因此來到臺中就讀東海大學，目前是中文系三年級生。興趣很多，但一直持續的為數不多，閱讀文字為其中之一。

情願相思苦

邱鎂玲

〈衛風・伯兮〉

伯兮朅兮，邦之桀兮。伯也執殳，為王前驅。
自伯之東，首如飛蓬，豈無膏沐，誰適為容？
其雨其雨！杲杲出日。願言思伯，甘心首疾。
焉得諼草？言樹之背。願言思伯，使我心痗。

對這首詩的熟悉，應當要從對父親的陌生說起。

比起別的孩子，我和他們不同的是：我從小沒有父親。

記得兒時，我便常常向母親問，父親長什麼樣子？高的矮的？胖的瘦的？俊不俊俏？

我擔心。

要是父親不夠俊，我怕自己長大後會不夠美，不夠給母親找個乘龍快婿、照料餘生。

畢竟，我對父親的印象極淺，大約只剩下他給的基因。

而每當我問起，母親總會瞇起眼，微微笑著，用一種悠長的語氣唸一小段詩給我：「伯兮朅兮，邦之桀兮。伯也執殳，為王前驅。」

年紀小時我自然是聽不懂的，只知道這聲韻挺美、好記，也不知道原來這一個「伯」其實就是在說我父親，一個英勇、颯爽，讓母親敬佩、也惦記了一輩子的人。

春季方過，夏季的酷熱便悄悄地來了。

那日和母親在園子裡整理菜苗。說來也奇妙，這個位於房子後方的園地，雖然不大，卻種什麼都能活、也長得不錯。芒果樹、火龍果，果子總是一季一季的結，鳳梨、番茄也略有收穫，皇帝豆更不用說，一片繁茂。唯一不好的地方就是種得太雜，總要整理。

但卻不曾見母親嫌煩過。

她說：園子就像人的心、像人的腦子，天天總是有那麼多的想法在滋生，妳得要耐著性子去整理，才能真正得到收穫。

我總佩服母親看待事情的態度，卻也好奇，她這些興感從何而來？

「今晚來炒些皇宮菜吧！」說著，母親將一把皇宮菜放到我手中的籃裡，原以為今日差不多就這樣，夕陽西斜，也是該回家裡了，卻見母親的目光被一株橘色的花給吸引住，是以久久沒有起身。

我順著她的目光看去，那是一株金針花，另一個浪漫一點的名字是「忘憂草」。

「欸……我以為不會長出來了，沒想到還能開花。」母親自言自語道。

我湊上前，蹲在她身邊問：「之前種過這個？」

「是啊，但後來全被我給拔了。」

母親笑著回答，笑裡難得有了一點頑皮，和一如既往感慨的味道。

我於是追問：「金針花煮湯也不錯，為什麼不種了呢？」

卻見母親搖了搖頭道：「妳不曉得，妳父親參軍前，最喜歡喝的就是金針花湯，他說啊……金針花、忘憂草，多喝點就能少一點煩惱。」

「胡說！怎麼可能。」我對這說法提出抗議，卻沒想過，這可能是父母親那時代的想法。

然而母親卻附和了起來，抱怨的口吻像是回到還是個少女的模樣：「對呀，我當初也覺得，怎麼有人這樣蠢，以為喝了金針花湯就能高枕無憂，又不是孟婆湯……」

「但妳父親被徵召後的那幾年，我不敢再煮金針湯來喝。直到接獲他戰死的消息，我難過了一段日子，後來到這園子裡，將金針花全拔了……」

母親的手指在花瓣上輕輕揉捻，那樣的眼神，和素來跟我說起父親時一模一樣，有著驕傲、還有一點怨懟。在她年過半百的臉上，卻顯得格外的美好動人。

「妳大概要笑我對著植物發脾氣。因為我怕像妳父親說的那樣，喝了忘憂草煮的湯，哪一天就真的把他給忘了，所以乾脆把金針花全拔光了，沒有忘憂草，我想著，大概就能惦記他一輩子。」

「然而不得不說，人的記性本就跟這些植物無關，也不過就是我轉嫁情緒在這無辜的金針花身上罷了。」

母親自嘲的笑了幾聲後，我看見她將花從莖上折下，遞到我面前。

「來，今晚加菜。」

說完，她便拉攏裙襬，起了身。

輕重不一的腳步聲，在向晚的柏油路面上奏響。母親走在前頭，我默默地跟在她身後，看著籃子裡，一籃油綠的皇宮菜上，唯一一朵橘黃色的花，隨著我的腳步，花瓣在籃子裡輕輕顫動，那樣沉默無助，卻又美麗，我忽然彷彿能理解母親那份幽微的心思。

冉冉紅塵，浮生若夢，歲月是如斯急促而且無常，而人的記憶力終歸太過有限，因為太害怕會在無數更迭的記憶和日子裡忘記父親，於是讓母親連一株花草都要計較。

「願言思伯，甘心首疾。焉得諼草？言樹之背。願思言伯，使我心痗。」思及此，我不禁低吟起〈伯兮〉一詩，唸的聲音很輕，怕這些句子招惹母親傷心。所幸母親走在前頭，並未聽見。

小時候，常常親戚聚會上，叔叔、伯伯總提醒我，要多陪母親出門走走、多逗她笑，那時的我只知道母親性子淡薄，父親確定沒能回來以後，她始終維持著一貫的簡樸素雅，只是身子有些弱，並且多了會犯頭疼的老病症。

現在想來，這頭疼，估計也是因為父親的離開而造成的。

但如今細想，對於過分深情的母親來說，她可能也早已將這樣的頭痛症，當作父親留給她的禮物了吧？

因為只要頭還會疼，就代表自己還未曾忘卻那個再也不歸的人。

母親，她一直都是用生命在記憶父親的。

要怎樣的深情，才能教一個人將另一個人深深的刻在心上呢？生在太過安逸年代裡的人，大抵很難體會那種生死不渝的感情了。如今安適的生活步調，對於要細心溫著、好好呵護著的情感，倒也成了另一種摧折。

而那樣征伐的時代終歸過去，男人的仗結束了，然而屬於女人的相思鏖戰，卻沒有停過。其實，仔細想來，原來也是不能夠停的。

從交付出真心的那一刻，這樣的煎熬早已註定。

只能無悔無怨，甘心首疾，情願相思苦。

我忽然分不清楚這樣的深情是幸或不幸。

看著在暮色裡，步伐悠緩，向家前行，那一抹母親的背影，長裙裙襬被晚風吹得輕揚，山頭陽光斜照下，她的身影是那樣纖瘦柔弱，卻又剛強堅毅，人世流轉、星移物換，原來還是有一種情、一種愛，叫作死生不改。

而我，也有可能付出這樣的深情嗎？低頭看著籃子裡的忘憂草，耳邊只有晚風和倦鳥歸巢的聲音，關於人間情愛，偌大天地之中，原是沒有所謂的正確答案。

「母親」，我在後頭叫住她，母親轉過身來，那張映著霞光的臉龐有著瑰麗的紅暈。「要是今天吃了忘憂草，真把跟父親的事情都忘了怎麼辦？」

我知道這問題很是沒頭沒腦，但我似乎也被母親對父親的情意給感染了，恍然間有些迷惘了起來。

我等著母親的答案。

只見她笑著向我走來，接過我懷中的籃子，在重新轉身踏上歸途的那一刻，我聽見了她的回答：

「此生已矣，惟願來世。」

作者小傳

邱鎂玲，考進東海中文系，想揣摩古代的女子。偶爾寫詩，不能娛人但求自娛，心願是能回南部去，晴耕雨讀，歲月靜好。

無盡的思念

蔡永傑

小時候回外婆家，總會看到鄰居阿春婆婆一個人落寞地坐在藤椅上。她的眼神，時而渙散，時而帶種濃濃的情感，彷彿進入某種沉思。不久，又沉沉睡去……

有次，外婆剛炊好芋頭糕，打開蒸籠，陣陣芋頭和蝦米的香味飄散空中。

「小傑，快過來。把阿嬤剛剛做好的芋頭糕拿塊過去給阿春婆婆嚐嚐；做人不能忘記他人所施，昨天阿春婆婆才給我們家上好的醃蘿蔔乾呢！」

「好的，可是外婆，我想嚐一塊再去嘛！」

「好啦，一塊就好。」

鄉下生活步調不比都市快速而冷漠，總是充滿人情味，就如外婆的芋頭糕、阿春婆婆的蘿蔔乾，都有著農業時代純樸自然的美好。

到了阿春婆婆家門口，打開門，來的是阿春婆婆的女兒秀雲。

「阿傑，好香喔，外婆又做芋頭糕了？」

「是啊，阿嬤說要謝謝昨天的蘿蔔乾好好吃呢！」

秀雲阿姨微微笑，帶我到廚房。經過客廳時，偶然瞥見客廳的檜木櫃上，放著一張斗大的人像照；在照片裡的男子，年輕英俊，身穿半身中山裝，眼神中，總透露一股軍人的英氣。我看著一時發愣，便呆在那。

「他是我的丈夫。」

阿春婆婆從廚房走出，身穿褐色棉襖，她的眼神有些憂傷、有著不堪的哀愁，只是那時我還太小，無法看出來，直到年紀稍長，才知道那眼神裡盡是思念。

「媽，我去上班囉！」

「好的，閨女，騎車慢點，小心看路。」

阿春婆婆的口音總是有濃濃的山東腔。小時候總是聽不太懂她的口音，但後來也許是相處久了，漸漸能了解阿春婆婆的意思。

「想聽個故事？」

「什麼？」

「故事、故事啊？」

「好、好的。」

於是阿春婆婆和我就坐在客廳裡，一邊吃著芋頭糕，一邊閒聊起來。

時間回到一九四五年日軍戰敗，投降，但國、共兩黨卻因為裁軍、行憲，及聯合政府的矛盾，再次陷入僵局，導致一九四六年陷入內戰。

「當時剛打完小日本，怎麼知道戰爭那麼快又發生？朝夕之間，丈夫又被徵召回軍。記得那天俺準備好早飯，政府就派人來。」

阿春婆婆的眼神又充滿無奈，落寞。

「某天，收到丈夫的信，信中寫道：共軍已經滲透東北，華北可能也會淪陷，要俺趕快隨政府一同遷離。」

「而那時懷了秀雲，生懷六甲，豈能說走就走！幸好鄰居開中醫行的吳伯伯給了幾個大錢，這才能往南走。」

「後來，一九四八年，收到丈夫的信，說山東淪陷。傍晚，抱著秀雲哭得唏哩嘩啦。故鄉丟了，懷念那芙蓉老街的包子店、劉伯開的餃子館；而最難過的是，丈夫沒能看到秀雲的出生。咱家都沒想到濟南城會陷落得如此快，委員長在那可是做了重點防禦啊！」

那時我還小，無法體會阿春婆婆的鄉愁，什麼包子店、餃子館的，聽得我心情起起伏伏。長大後，到外地就學，才了解所謂「鍾儀幽而楚奏兮，莊舄顯而越吟。」也只有故鄉的人、食物，一景一物，才能解開心中的苦悶。

「濟南是山東的心肺啊！一失守，孝文就叫俺隨秀雲一同到廣州。那時身上已無分文，只好將手中的玉鐲子、金鍊子拿去當鋪當了。從鄭縣先坐車到漢口，在漢口遇到老鄉顧太太，她瞧咱倆母女孤苦無依，便邀俺和秀雲到長沙。」

「孝文是誰？」

「喔，他是就孝文。」阿春婆婆指了指檜木櫃上的相片，照片雖是黑白色的，但裡頭人物依舊炯炯有神。

「和顧太太到了長沙後，已經是一九四八年十一月，聽說東北已失，中原打得很吃緊，而孝文又毫無消息。每日俺只能朝朝暮暮期盼著能寄來信，但都杳無音訊。」

「那婆婆和顧太太住哪裡啊？」

「長沙車站附近有間悅來客棧，當時店小二是顧太太的親戚，因此和秀雲都住在那。」

我似懂非懂的點點頭。

「十一月秋？聽說鄭州已經失了，還好當時走得快。否則都成了共軍的靶子。」

「一九四九年，俺寄信給尚在山東的吳伯伯，請他打探孝文的消息。當時戰爭吃緊，一封書信也不知何時能到手，俺只能日日跪在菩薩燈下，祈求保佑。」

阿春婆婆邊說，邊拿出一張張泛黃的信紙；信紙裡乘載著厚厚的思念，有的字跡墨水泛開，像是一朵朵潑墨的花朵。可以看出婆婆一定是因為對丈夫過於思念，紅了眼眶，因此淚水沁在信紙上，導致紙上的字朦朧。

「年底，和顧太太到海南島，那時正值盛夏，秀雲耐不了熱，都起了疹子；而整個華北早已是共軍的天下，不久湖北也陷了。」

我看著阿春婆婆悲傷的面容，因為年紀尚小，無法深刻體會她內心的痛，只能時而點點頭，吃著婆婆拿出來招待的烤番薯。

「後來，俺到臺北。那天正下著綿綿細雨，顧太太從電信局回來，說是收到有關孝文的電報。」

阿春婆婆站起，走向檜木櫃子上的人像，伸起雙手，以滿滿的情感，將相片上頭的灰塵輕輕抹去，如同相片裡的人還在世般溫柔、體貼。

「原來孝文早在徐蚌會戰時就已經戰死，他是如此的年輕。還記得那日初遇孝文，俺在明湖柳樹旁賞荷，他一襲唐裝從旁邊走來，俺轉過頭，不小心碰觸到他。」

「俺只能低頭，羞紅著臉，孝文問有沒有榮幸一同划船賞荷？便請船夫一同划著船遊大明湖。」

說到這，阿春婆婆不禁流下淚來，眼淚是思念、是沉痛、更是無比的愛，抑或是恨？也許愛恨交雜。

後來，高中的某夜晚，讀到詩經〈衛風‧伯兮〉篇：

伯兮朅兮，邦之桀兮。伯也執殳，為王前驅。
自伯之東，首如飛蓬。豈無膏沐？誰適為容！
其雨其雨，杲杲出日。願言思伯，甘心首疾。
焉得諼草？言樹之背。願言思伯。使我心痗。

我發愣良久，不禁想到：這不就是阿春婆婆和她丈夫的故事嗎？原來古往今來，戰爭永遠是如此的殘酷，將兩個相依相愛之人做出沉痛的分割。在詩篇中，思婦想著自己丈夫的英姿煥發，率領天子的部隊出征。此後再也沒見面，她問著自己，我還需要妝容嗎？打扮給誰看呢？從此她一心想念丈夫，再也無心容飾了！我竟然在阿春婆婆身上看到這貞婦的影子，她的心中住著丈夫，再也離不開漫長的思念了。是希望雨天？還是晴天？對阿春婆婆來說，大概都差不多吧！她家房後也種忘憂草嗎？我倒希望她種了，而且每天吃一點，慢慢走出思念的憂傷。也許我是不懂那種以思念來記住對方的深刻情感吧！像胡適所寫的白話詩：

也想不相思，
可免相思苦。
幾度細思量，
寧願相思苦。

阿春婆婆是怕不相思就會忘記他深愛的丈夫嗎？嗯！應該是的。

作者小傳

蔡永傑，一九九四年生於高雄。喜歡閱讀、逛街、蒐集古玩、化石，也喜歡寫寫文章、品嚐美食。在閒暇時，到綠園道聽街頭藝人唱歌，或和好友在新光看電影。

何以相贈予？

朱育誼

又到了這樣的時節……看著工人將那小小細細的燈泡串，順著樹幹一圈一圈的纏繞，彷若藤蔓為求生存的糾纏。還記得之前課本教過的那叫「片利共生」，也就是指對蔓生植物而言是有利，而對被攀附者來說倒也無害……然而這些燈泡串對她來說可不是什麼無害的東西，換言之，當這些燈泡串開始盡職的發揮作用，以數量博眾之目，如同繁星誤入人間的陣陣閃爍，她就又會想起，又到了這個時節。

十二月，該怎麼說呢？她看著手帳，日期下面除了有還未上繳的報告，還有幾行小字。其實這些不記下來也沒關係，但她的良心還是打敗了小小的，試圖勸以僥倖的小惡魔。當她看見書桌一旁，各種各樣，來自各地朋友的祝賀禮物。生日和聖誕節在同一個月份的人是最好辨的，以一份禮可以抵兩種節日。朋友誰親誰疏，送的禮和祝賀也有所分別，然而每到這時大腦理智方面的系統總會突然當機，感情用在金錢上的事好比脫韁直衝懸崖的野馬……簡直剎不住，必死無疑……這是當她恢復神智結完帳後，看著收銀機上的金額，掂了掂錢包的重量之後，默默的在讓這句話銘刻在心。當然，有一件事她很有自覺，這句話每年可要記得重新刻上，不然就會風蝕得蕩然無存。要知道，情感就像那道捉摸不透的不羈之風，哪天和哪個人親了，和哪個人生分了，還真是說不準啊……

或許，這就是為什麼，自己在送禮這事兒上總是戰戰兢兢，拿捏不出一個準。要是送的禮輕了，總覺得不聊表自己對那人的萬分之一感謝喜愛，然而送的禮過頭了，又覺得對自己還不如對那人如此般大方。兩頭不是，到最後她倒覺得自己兩面不是人，要不就是做人實在太成功，大家樂於對她慷慨；要不就是做人太失敗，大家對她一樣的好，她卻試圖想在當中分出個高低。

「我說你這樣還真是過得很有負擔啊……」

最終也不是藏著遮著，心裡總彆扭著一道坎，也還是要找個人來說說，也不能隨便亂找，而是要找一個從來沒互相在乎什麼禮數的人來聽聽自己的煩惱。當然這樣的人立刻就正中了她內心鬱悶之處，雖然用詞是過激了些。

「也不是說負擔啊，只是覺得，送禮這東西真是門學問……」她反駁了對方的評價，試圖理出一絲頭緒：「也不是說不想送，但就是不知道要送什麼才好……」

「啊……你這樣讓我想到一首詩啊……」

「現在不是讓你吟風對月的時候啊！」

「不是啦！是一首木瓜詩！」

「什麼木瓜詩啦？」

沒有收穫什麼結論，然而又多了新的疑問。打鬧之餘不斷升騰上心的快樂愉悅，她笑著，並用笑著的時間看著眼前的好友。她們之間不互贈什麼重禮，甚至節日也是一句祝賀詞帶過。交往的時間橫跨過科技，從卡片上頁摯的祝語到現今line上一張貼圖，一句及時的祝賀，省了更多金錢和時間，看來更粗糙，相較更沒有了誠意，怎不見兩人情感因此而淡了濃度……

互相道別之前，她仍是沒有想出任何解答，倒是降了溫度的紅茶進到嘴中已經泛起了一股澀味……

她找到了那首詩。細細地讀了它，在夜晚寧靜的時候，在她提筆又擱筆，反覆無數次後還是寫不出那張聖誕賀卡的時候，她帶著略略的煩躁，隨手點上了網，還真有首木瓜詩！

投我以木瓜，報之以瓊琚。匪報也，永以為好也。

投我以木桃，報之以瓊瑤。匪報也，永以為好也。

投我以木李，報之以瓊玖。匪報也，永以為好也。

「匪報也，永以為好也……」

當初寫這首詩的人，是不是也有著與之相同的困擾呢？以木瓜、木桃、木李相贈，卻收到價值更為高昂的玉石為報。小小的一份禮物，卻收到了意料之外的回報，這讓自己該怎麼辦呢？

其實，贈禮是想要留住些什麼吧？她看著這首詩，反覆讀過思索著，留住互相建立起的情意。古時的人在什麼時候會相贈禮呢？還記得拜師孔子也是要帶束脩為禮。而純受禮之人少之又少，不是嗎？總是多少有些回贈。不過比起自己，這個詩人還真是貪心啊！僅僅是送個水果，毫不起眼的小禮物，就想人永遠與他為好？這是可能的事情嗎？

怎麼不可能呢？一道小小的聲音在她腦中響起。

自己從來沒有送過什麼大禮吧？尚是學生的自己。不，就算不是學生，也送不出什麼鑽戒、名牌。但那又如何？

她想起朋友總對她展露的微笑，在她心情低落時總認真地傾聽她的心事，像是自己的仇敵般的同她抱怨糟心的瑣事，她開心的時也不吝於給予燦爛，好比發生在自己身上的笑容。

這一切也不是用什麼高貴的物質換來的。而是用真心換來的呀！

所以，要永以為好，到底還是說不準的事。然而卻也不是做不到的事。人與人之間情感的維繫脆弱，至今該怎麼養護還是一個課題。

她還是在看著這首詩，但至少她不再感覺煩躁。該怎麼說，這種事情，有人可是在幾千年以前就苦惱著了呢！

又到了這個時節，她凝望著窗外，十二月的夜色比其他月份來得更加沉靜，但也可能是心理作祟，還煩躁著，內心也漸漸的安靜了下來。

永以為好啊！誰敢輕易許一個永遠呢？情本多變，以為能以物套牢的想法更是天真，那樣的贈禮只是試圖騙過自己，圖個安心。然而真真正正能使人留下的，還是那片飽含真心的相處。

好像，坦然了許多。

作者小傳

朱育誼，雖說是中文系學生，然而文筆卻不夠高明，頂多在初級和中級中文裡死命掙扎想往上爬。或許人生總難以描述完全，我留下很大片空白，等待來日慢慢填補。

異鄉悲歌

陳宇陽

距離新一天的晨曦竟還有五個小時，窗外早已不見往來川流的路人，甚至連那寥寥的沒落人，也懷抱著對新一天的希望草草睡去。只剩下道路兩旁無聊的燈火，還挺直了腰桿，閃爍著，抓緊時間享受黑暗。昏暗之間，只能看見褶皺的葉子，在不太友善的冷風中凋零，似有若無的掙扎，然後一頭栽去。

葛田一個人坐在泛著霧氣的河邊。在這個不屬於他的環境裡，也許只有在無人的深夜，才能把他那原本的靈魂釋放出來，殘喘著僅有的自由。

「小葛，下回早點來。」一個中年男子癱坐在寬大的皮椅中，雙眼直勾勾的盯著兩手間的螢幕，絲毫沒有停下的意思。葛田滿臉堆著僵硬的笑容，從包裡拿出了一疊厚厚的文件，謹然的放在男子面前的桌子上，用手收齊最下面幾頁的稜角。那幾乎填滿他舊書包的一摞紙，卻在偌大的板臺前，顯得如此微不足道。「經理，這是昨晚您交代的。」葛田低著頭，沒再多講一句話，只是靜靜的等待。「哦，先放著吧。」經理仍然對著閃爍的屏幕傻笑著，絲毫不在意試圖轉身離開的葛田。

「哦！對了。」經理突然說到。葛田緊忙停下腳步，快速的轉身，又小心翼翼把門關上，然後疾步走回桌子前，立定，伸頸側耳地等著。「我兒子今天中午放學，你去幫我接一下送回家，他奶奶在家。」說完騰開一隻手，伸進口袋，將一串鑰匙扔在桌子上，還是沒看葛田一眼。葛田微微睜大了眼睛，沒有去拿。經理的眼球緩緩的上移，看著略顯拘束的葛田說：「和以前一樣，回來的時候幫我帶一杯咖啡。」

陽光均勻的散落在人潮熙攘的街道上，把往來行人的影子壓在他們腳邊，讓人輕易的忘記了昨夜的濕寒。葛田在車裡，微微有些慌神，他不知道自己為什麼沒有拒絕那串鑰匙的勇氣。「唉！算了，既然已經接了那麼多次了，再接一次也無所謂吧。」他試圖安慰自己，「堅持一下熬過去，熬過去，一切都會好的！在他鄉打拚了這麼久，真是受夠了。就差給他們當牛做馬了！等我回到家鄉就開一家咖啡店，專門開在這些公司旁邊！賺他們的錢！給他們的咖啡裡加大麻！讓他們離不開我的咖啡！把這幾年受的氣都還給他們！然後再……」

「砰砰砰」一陣急促的敲門聲。「進。」

「經理不好了，小葛出車禍了！」

「什麼?!」，中年男子猛地抬起頭，「我兒子怎麼樣？」

「他不在車上，還在學校，葛田是在去的路上出的車禍，現在人在醫院，醫生說要家屬趕緊過去。」

「哦！沒事就好。」男子緩緩的低下頭，思考了片刻說道：「你去聯繫一下小葛家裡，讓他們找人過去。桌子上這疊公文你找機會放到小葛那，最近上面在調查公車私用，別出什麼岔子了。」

「好的，沒問題，我現在就去辦。咦？這文件後面幾頁的紙好像不太一樣啊。這是……這是葛田的辭職信！」

「哦？信留下，其他的拿走吧，還好你發現得早。」

〈王風．葛藟〉

綿綿葛藟，在河之滸。終遠兄弟，謂他人父。謂他人父，亦莫我顧。

綿綿葛藟，在河之涘。終遠兄弟，謂他人母。謂他人母，亦莫我有。

綿綿葛藟，在河之漘。終遠兄弟，謂他人昆。謂他人昆，亦莫我聞。

作者小傳

陳宇陽，從大陸來臺灣讀書已經三年，沒有了前兩年的新奇和激動，更多的是對於遠在東北家鄉的思念和對未來選擇的努力。〈葛藟〉一詩中異鄉人的形象和我產生了共鳴，雖然我並沒有真的經歷詩中角色的痛苦，但「獨在異鄉為異客，每逢佳節倍思親。」的情感卻深深的觸動著我。

不要爬牆來看我

呂珍玉

這週詩經課上到〈鄭風〉，如此多活潑可愛的情詩，學生想必會很喜歡吧！總共二十一首，可以痛快的說說，這麼一想，我就輕鬆的進入教室，開始愉快的講課了。

我哀怨的朗讀著〈將仲子〉：

將仲子兮，無踰我里，無折我樹杞。豈敢愛之？
畏我父母。仲可懷也；父母之言，亦可畏也。
將仲子兮，無踰我牆，無折我樹桑。豈敢愛之？
畏我諸兄。仲可懷也；諸兄之言，亦可畏也。
將仲子兮，無踰我園，無折我樹檀。豈敢愛之？
畏人之多言。仲可懷也；人之多言，亦可畏也。

全班同學露出詫異的眼光，你看著我，我看著你。然後吱吱喳喳的交談起來「啥！男生愛女生還要爬牆去看她？好刺激耶！」「是啊！萬一不小心摔下來，可要跌斷腿的。」「萬一被她爸爸發現，放狗出來咬人，那可怎麼辦？」……臺下你一言我一語的，熱鬧非常，我看情況愈發不可收拾，只好大喊：「安靜！安靜！」點了位坐在角落，平時最安靜又夢幻的王徽音來說說對這首詩的故事想像，她很幽怨的代替詩中女主角說起她的心事來，下面就是她說的故事：

大約月圓時候，仲子就和我約定在東門外那棵楊樹下見面。每次約會對我而言是既期待，又怕人家知道，我們也不能相見太久，說太多話，總是來去匆匆，然後帶著悵然分別。昨天仲子竟然說我們每個月才見面一次，真的很想念我。他說顧不得別人的閒話了，一定要來我家看我。我心裡一則以喜，一則憂懼他若來我家附近，被別人瞧見，這可怎麼是好？就像隔壁的崔家姑娘，不久前他的愛人只不過在家附近徘徊，根本還沒見著她，不巧就被愛管閒事的張大媽看到，問東問西的，這張大媽一張大嘴巴，還加油添醋把他們相愛的事傳揚出去，於是鄉里無人不知，無人不曉，從此沒見到崔姑娘出門，他的愛人也不敢再來找她了。

我很害怕複製崔姑娘的悲慘故事，被鄰里說得那麼難聽，什麼還沒出嫁的女人，就把男人引來門外，這麼沒有規矩教養，將來怎麼做個好媳婦啊！我受不了鄰人的指指點點，也不希望我們的愛情和他們一樣，在眾人的批判下無疾而終，仲子啊！你千萬要沉得住氣，不能魯莽行事，不然我們以後可能連見面的機會都沒有了啊！

幾天來我茶飯不思，坐立難安，深怕仲子就這樣冒冒失失來到村子裡，爹好像發現了我的不安，那眼神有些可怕。夜裡我只要聽見狗叫聲，就開始緊張起來，深怕仲子偷偷潛入我家院子，在這漆黑的夜晚，他若躲在樹叢中，肯定會嚇壞家人啊！我望著窗外一遍遍查看，確定沒有人，才放下心來。我想我一定要表明心意，不讓他來看我，以免引來不必要的閒話。於是我寫了〈將仲子〉這首詩給他，但是我又很擔憂他誤會我不愛他，不讓他來我家看我，這一夜我失眠到天亮。

第二天她又和仲子相會東門楊樹下了，她忐忑不安的把那首詩交給仲子，結果……老師！結果我不知道耶！我也不願想下去囉！王徽音的故事結尾引來全班哄堂大笑，有人大喊，結果仲子就說：「好唄！為了不讓妳困擾，我就不去找妳好了！」又有人大喊：「啥！我就是愛妳，為何不能爬牆去看妳？」更有人不甘示弱的說：「走！我現在就要向全世界宣告我愛妳！」

教室內鬧烘烘一片，這時有人敲門，「對不起！老師，打擾您上課了，我們是校園傳情小組，有人要送花給中文三的林九如，祝她情人節快樂。」只見林九如漲紅著臉，出來捧著那九十九朵玫瑰花，既高興又害羞的回到座位上。全班又是一陣起鬨，「九如！九如！我愛你喲！」哇！我暗自想，現在年輕人示愛的方式還真公開，還真多樣耶！但是講授經學，我還是要兼顧到歷代經學家不同的說解才好，不能由著同學以今逆古，用他們現在開放的愛情觀點來理解古代的男女交往。於是我用最心虛的音量說：「同學們啊！你們知道朱熹說這首詩是淫奔之詩嗎？」又引來一陣哄堂大笑，還沒等我回應，又響起敲門聲，還真是熱鬧的二月十四日情人節吶！總在上課說到最關鍵時刻來攪局，這回又是誰的情人來傳情了呢？「對不起！老師打擾您上課了，我們是校園傳情小組，有人要送給何漢廣金莎，祝他情人節快樂！」臺下又是一陣歡呼！「何漢廣！何漢廣！愛你喲！」

只見那何漢廣一副得意忘形，大搖大擺去領取一大束金莎巧克力，還招搖的舉起來，向全般炫耀被人愛的幸福。這下可好，淫婦人也說不下去了……。

這堂課就在一古一今衝突下，有趣的進行著。看來最後還是要給點機會教育，於是我語重心長的說：「同學們真幸運生長在這個年代，男女交往自由，沒有太多禮教束縛，不必害怕旁人的觀點，可以勇敢追求所愛。不像那位姑娘，談個戀愛也躲躲藏藏的，深怕人家知道。你們是不怕人家知道，如此熱情示愛，真的很好哦！

不過愛的真諦為何？也要好好思索啊！千萬別辜負真心愛你的人啊！」全班突然安靜了下來，下課鐘聲也正好響起了。

每次上〈將仲子〉這首詩，都會讓人感覺不同世代愛情觀點的改變，現在學子和自己青春時期面對愛情又大大不同了。想著想著，走出教室，同學們高喊：「呂老師！情人節快樂喲！」我有情人節嗎？

作者小傳

呂珍玉，桃園縣人，東海大學中文研究所博士，現任東海大學中文系教授，講授詩經、訓詁學、詩選等課程。著有《高本漢詩經注釋研究》、《詩經訓詁研究》、《詩經詳析》等專書。熱愛教學研究工作，不知老之將至，最高興看到學生有傑出表現。

舊人的低泣

〈鄭風．遵大路〉

黃麗心

當我讀到這首詩的時候，腦海中浮現出的是一位美麗的女子，拉住風流俊俏而仰慕者眾多的男子，用哀求的語調，期望他能夠回心轉意，不要拋下她，前往新歡的家中。

遵大路兮，摻執子之袪兮。無我惡兮，不寁故也。
遵大路兮，摻執子之手兮。無我魗兮，不寁好也。

沿著大馬路挽留你，緊緊抓住你的衣袖不放。希望你不要討厭我，不要忘記我們之前舊情。沿著大馬路挽留你，緊緊抓住你的雙手不放。希望你不要討厭我，不要忘記我們之前情好。

這首詩的主旨有多種說法，《毛詩序》說是：「思君子也。莊公失道，君子去之，國人思望焉」，以君子泛指有治國才能的賢人，用政治的角度去解釋這首詩；朱熹《詩集傳》斥此為淫婦詩：「淫婦為人所棄，故於其去也，攬其袪而留之曰：子無惡我不留，故舊不可以遽絕也」；戴君恩《讀詩臆評》認為是描寫妻子送別丈夫之詩；屈萬里《詩經詮釋》則解釋為：「此男女相愛者，其一因失和而去，其一悔而留之之詩」。我個人較偏向朱熹和屈萬里綜合的說法，原本兩人是相愛的，後來女子被拋棄，但並不是因為女子是淫婦的關係，而是男子喜新厭舊，就如同日本平安時期，風流的貴族們會在晚上到心儀女子的宅邸內，與她共度良宵，但在那個開放的社會風氣之下，有時候情人並不會只有一個，這首詩描繪的就像是原本正受寵的女子，因為貴族有了新歡，而拋棄她欲乘車離去的情景，女子穿著華美的衣服，披著及地的秀髮，抓著男子的衣袖和手輕輕地搖擺著，並用溫軟的語氣乞求他留下，舊人的悲涼與泣涕連連的景象躍然而出。

「但見新人笑，那聞舊人哭」，當初在熱戀期發下的誓言，轉頭間就忘了一乾二淨，記得小時候曾經看過〈問君能有幾多愁〉，這是一部在講述宋朝和南唐那段歷史的影片，裡面就有演到李後主與大小周后的情感，我覺得李後主就像是這首詩的男子一樣，拋棄舊人，寵愛新人，在大周后生病的情況下，竟然與當時只有十五

歲且還是他小姨子的小周后私下偷情，絲毫沒有顧慮到在病榻上大周后的心情，還留下了流傳千古的偷情詞——〈菩薩蠻〉

花明月暗飛輕霧，今宵好向郎邊去。剗襪步香階，手提金縷鞋。
畫堂南畔見，一向偎人顫。奴為出來難，教君恣意憐。
蓬萊院閉天臺女，畫堂晝寢人無語。拋枕翠雲光，繡衣聞異香。
潛來珠鎖動，驚覺銀屏夢。慢臉笑盈盈，相看無限情。

歷史上有記載，當大周后在病榻上突然看見小周后時，問她是何時入宮的，而小周后的回答是：「既數日矣」，聰慧的大周后不可能不明白這代表什麼，也正是因為這件事，再加上其次子仲宣的驟逝，令大周后就此一病不起，且至死面不外向，我想如果大周后沒有生病的話，或許會如〈遵大路〉中的女子一樣，試圖挽留李後主的心吧！

不論是哪個國家、哪個時代、哪種身分，生變的愛情屢見不鮮，直至今日，仍然有這種情形，「小三」之名也是因此而來，作者用短短的兩章，就將舊人苦苦挽留的形象描繪得栩栩如生，結尾處並沒給讀者一個明確的結局，但我期許男子最終能回心轉意，給彼此一個機會，不要留下遺憾。

作者小傳

黃麗心，就讀東海大學中文系，喜好閱讀、聽音樂。

勇敢發聲的女人

林家如

〈鄭風・遵大路〉

遵大路兮，摻執子之袪兮。無我惡兮，不寁故也。

遵大路兮，摻執子之手兮。無我魗兮，不寁好也。

〈鄭風・褰裳〉

子惠思我，褰裳涉溱。子不我思，豈無他人？狂童之狂也且！

子惠思我，褰裳涉洧。子不我思，豈無他士？狂童之狂也且！

《詩經》人物形形色色，有描繪彼此追尋的戀人、有遭棄的婦人、有呼喚愛情的少女、有戰爭離散的親人、有辛苦夜行的小吏……等等，藉由《詩經》鮮明的比興手法和豐富的詞彙，佐以一唱三歎、迴環往復的抒情醞釀，使人物形象生動而立體。其中，我選擇了〈鄭風．遵大路〉與〈鄭風．褰裳〉兩首詩來對比，其中〈鄭風．遵大路〉一詩中並沒有透露「敘述者」的性別，但此處我姑且將他作為女性，來談論我的觀點。

〈鄭風．遵大路〉描繪一幅男女大街上拉扯的鮮明畫面。《詩經》善於以一個定格畫面書寫故事，此處一方苦苦哀求，一方卻執意離開，詩作不交代前情與後果，留給讀者無限的想像與解讀空間。反觀〈鄭風．褰裳〉，一樣是描繪愛情生變的過程，然而此詩主角沒有位處低下哀聲苦求，反而非常堅定地向對方宣告：你愛我就會不顧一切前來找我，沒有你我也不會落得荒涼寂寞。兩首詩中敘述者的態度截然不同，兩相對比之下我更青睞〈鄭風．褰裳〉中表現出來的自信。

中國歷代不管在文學、政治、社會上，女子都較男子位處劣勢，「女子無才便是德」、「男主外，女主內」等觀念造就女子柔順、柔弱的形象，只能在家相夫教子、煮飯洗衣，而無法有所作為，這是對於女子學識與人權上的抹煞。因此中國文學史上才德兼備的女子，便成為那熠熠生輝的明星。我十分欽佩卓文君在面對司馬相如情感不一時的機智，她有一首〈數字詩〉傳世：

一別之後，兩地相思。

說的是三四月，卻誰知是五六年。
七弦琴無心彈，八行書無可傳。
九連環從中折斷，十里長亭望眼欲穿。
百般怨，千般念，萬般無奈把郎怨。
萬語千言道不盡，百無聊賴十憑欄。
重九登高看孤雁，八月中秋月圓人不圓。
七月半燒香秉燭問蒼天，六月伏天人人搖扇我心寒。
五月榴花如火偏遇陣陣冷雨澆花端，
四月枇杷黃，我欲對鏡心意亂，
三月桃花隨流水，二月風箏線兒斷。
噫！郎呀郎，巴不得下一世你為女來我為男。

此詩展現出卓文君對愛情的高度智慧與胸襟，她並不以女子的嬌弱作無謂的抵抗，而是巧妙地將希望郎君回心轉意的心思轉化成一首具有警醒、警示意味的詩歌，以智取喚回丈夫的信任與女性的自尊，感性而不失聰慧。這樣使人折服的女性魄力早在《詩經》的年代，〈鄭風．褰裳〉中便可看出，這是一個多麼前衛、純熟的愛情觀！

愛情的責任本該男女各半，權利也該等價共有，〈鄭風．褰裳〉中的女子理性、直率、果斷，跳脫傳統的束縛勇敢為自己發聲，當她所愛的人態度曖昧不明時，她不是躲在閨房暗自垂淚，而是主動出擊，跟對方攤牌，要他拿出愛的證據來，並且掌握籌碼，自信滿滿的說出還有其他人追求。這樣潑辣強勢的女子，不僅是當時社會背景下少見的特例，也傳遞出《詩經》多元的愛情觀與教育意義，為現今社會的女子帶來鼓舞與激勵。在這個男女互動越加頻繁的現代社會，很慶幸女子比以前多獲得了受教權和工作權，但是社會上對女子難以更改的刻板印象，仍需要我們自己站出來推翻、證明給別人看，我們不是男性的附屬品，我們擁有愛情的完全的自主權！

作者小傳

林家如，對於愛情充滿嚮往與熱情，但付出的同時從不虧待自己，擁有主見及判斷力，以及女性的自覺與自信。

致失戀者

陳怡涵

一段愛情伴隨著時間與歷練，有些最後修成正果，有些則以痛苦的分手作結，而我認為最能夠代表失戀後的心情之作，是《詩經》中的〈鄭風・狡童〉：

彼狡童兮，不與我言兮。維子之故，使我不能餐兮。
彼狡童兮，不與我食兮。維子之故，使我不能息兮。

那個小滑頭啊！不與我說話啊！因為你的緣故，我連飯都吃不下呀！
那個小滑頭啊！不與我吃飯啊！因為你的緣故，我連呼吸都有困難啊！

由這首詩中可見他倆感情十分親暱，畢竟女主角用了「小滑頭」稱呼那思念的前男友。個人認為一段愛情最美的時候在於曖昧，最痛的時候在於分手後那一個人單方面悲愁的思念之苦。從陌生人開始認識，也由陌生人作為結尾，是愛情裡最大的諷刺與笑話。詩中的女子因為已逝的愛情而吃不下飯、難以呼吸，可見這段關係對她而言有多麼重要，使得她這樣地無奈吶喊，然而對方再也聽不見。

這首作品描繪出因為失戀而哀痛得生活無法回歸正常的女子，在失去愛人後的內心情感流動。世界上的人那樣多，誰知道何時會在人海中遇見未來將與自己共度一生的佳人？要是遇見了，這樣的愛情是否能夠延續到永遠？至死不渝的愛情究竟是童話，還是現實？無可否認的，這些答案都必須建立在開啟一段新的關係後才能確定。兩人相愛又得面臨許多價值觀、生活觀與對未來看法等等的磨合，剷除一切眼前問題才有機會白頭偕老。而這之間要經過多少次互不相讓的爭吵？多少次悶不吭聲的轉身離去？要花多少時間才能確認彼此就是命中註定的真愛？然而，不知道答案的我們也只能抓緊每一個機會，好好珍惜與對方相愛相惜的當下，任由命運主導，甚至是捉弄。〈鄭風．狡童〉中的女子便是老天爺開的一場荒唐的玩笑，讓她深深愛上了一個男人，卻又使她墜入近乎窒息的谷底，承受撕心裂肺的失戀之痛，無可自拔。

如果可以，我真想知道他倆到底是為何走進這道死胡同，可惜這詩中並未作出特別的描寫，只是單純地寫一個女子因為已逝的愛情而無法好好生活。要是這段感情的結束建立在兩人的價值觀無法磨合，彼此都太年輕，性格衝動的前提之下，我想我會告訴那位女子：「別傷心，倘若妳和他真有緣，在未來的某一天你們終會再度相遇。」我曾聽過這樣的故事，有一對男女他們交往五年，最後無法達成價值觀的和諧，於是分道揚鑣。過了幾年，他們各自交了幾任伴侶，倆倆分手不久，又在一個火車站的月臺上相遇，凝望著對方眸子裡的自己，氣氛的催情，使得埋葬多年的愛情死灰復燃。於是他們瞬間陷入瘋狂的戀愛，分開後的幾年間，那些生活歷練，讓他們明白當初那麼草率就判感情死刑是錯誤的決定。相逢的那一個頃刻，他們深信彼此就是真愛，後來在眾人的祝福下結婚了。

你說，這樣的愛情是否荒唐卻又浪漫？命運最迷人的也在此。

我想，也許現在不合適，但未來很難說。有時兩個人成長，不如一個人茁壯得快。有時分開是為了更加明白、反省是否早已迷失了那個尚未明白愛情的自己，或者兩人到底缺乏什麼。為了愛，痛苦哭泣的女子必定是有血有淚之人，然而這樣的人也可能為順從對方而悶著苦、委屈著，久了就忘了自己是誰。我能夠理解因痛失愛人而成天魂不守舍的痛苦，卻也更知曉只有將更多心力投資在自己身上，才能變得更好、更完整。

或許有一天，彼此再度相遇時，當初那些導致分手的原因已蕩然無存。人生說長不長，說短不短，而我們活在這世界上，也不過就是為了那樣一個看似巧合，實際上卻冥冥之中註定的萍水相逢。唯有將悲傷的現狀看得豁朗些，充實人生，才能離開那淚水交織而成的漩渦。

請擦乾眼淚，從回歸正常作息開始，並且堅信，只有好好珍愛自己，他人才會愛你的道理。

作者小傳

陳怡涵，就讀東海大學中文系，善於傾聽他人，夢想成為一名教師。

女性的反擊

〈鄭風・褰裳〉

王耀德

子惠思我，褰裳涉溱。子不我思，豈無他人？狂童之狂也且！
子惠思我，褰裳涉洧。子不我思，豈無他士？狂童之狂也且！

如果你愛我，就該提起長衫，渡過溱河來看我。
如果你不愛我，難道沒有別人嗎？你真是個大傻瓜。
如果你愛我，就該提起長衫，渡過洧河來看我。
如果你不愛我，難道沒有別人嗎？你真是個大傻瓜。

這首詩以女性角度作為第一人稱視點，卻有著與《詩經》中其他女性不同的個性，一脫傳統女性柔順委婉的形象，大喇喇的將熱情愛恨展露出來，男人看了會震懾，女人看了會自省。此詩也為傳統男尊女卑的觀念，開啟了一扇微透光明的窗口。

此詩描寫一對情侶，似乎感情發生了一些變故，兩人之間隔著江河，代表著愛情存在著障礙阻隔，而女主角獨自等候著男主角的到來，只是這份等待，並不是毫無自尊、委屈求全的癡等。她對於男主角是有情的，也就是因為如此，她才會對男主角沒有前來赴會感到憤怒，她的潑辣中隱含著一點期待，期待著男主角能排除困難，渡過溱水、洧水前來看她。朱熹《詩集傳》對詩中的女子加以批評，認為她這樣的行為無非是淫亂，這是朱熹在理學觀點下，對於女性不能主動表示自己情慾的解釋態度，其實就兩性平權的觀點來說，這首詩的女主角主動爭取自己的愛情發言權，令人佩服讚嘆，可惜這樣的聲音一直沉寂千年，在父權社會下被消音潛藏。

誰說女性一定是要溫柔端莊，一定要對男性百依百順，每個生命都是自己獨立來到這個世上，本來就沒有誰，誰就活不下去的道理。愛情是讓人期待嚮往的陽光，過程固然有著美好，但也有下雨氾濫的時節。女人啊！難道只能等待身旁的那個人，在雨落紛紛時為自己打傘，等候著男人越過千山萬水前來拯救自己？醒醒吧！我們不該是那童話故事中等待王子的公主，美好的愛情除了接受，也該跨出步伐去抉擇、去追尋；而本詩中的女主角，就將她對愛情的理想，充分的實踐給讀者看到。

女主角並不是不在乎，並非看不起這份感情，她會說出「豈無他人」這種話，其實也道出了她內心的無奈。對於愛情的企求得不到回報，相比其他詩中女性的苦苦哀求、愁苦連天，她對待愛情危機的發生，決心用自己的力量去捍衛、去守護。她的內心或許也很悲傷，也很癡情，但她所展現的並不是軟弱受控的身段，而是自信勇敢的靈魂，對愛情抱持的自我想法，正是因此，她說出了帶有威脅性的話語，對男主角做出宣告：你不懂得把握這稍縱即逝的情感，我給你機會來彌補挽救，不然的話，我並不是非你不可！

女主角對愛情的感性之中也是帶著理性的，正因為她理解自己的好，有著自我尊嚴，所以才能夠找到自身的優點來使男主角感到警覺，以她的條件並不是找不到其他人，她的話語，是對男主角的期待，卻也是最後通牒，最後的結果。不論是相聚相守或是各奔西東，至少，她努力去為愛爭取過，也已經做好了最後的心理準備去面對那退路。

傳統女性總是容易將愛情視為生活的全部，我並不是要批評她們，每個人都有自己的立場與選擇，只是我想，《詩經》中給予我們許多女子的面向，面對愛情的選擇與態度，愛情需要兩個人才能成立，如果能夠找到一個真心人長相廝守，何嘗不是一件美事，但當我們真的遭遇上了愛情難關，該怎麼樣才能將傷害降到最低，畢竟用了真心，怎麼可能說不愛就不愛，時間或許可以沖淡一切，不過在那之前，我們必須先貫徹自己的決定，那江水或許是阻隔，但同時也是對真情的考驗、真愛的證明，當一切無法再回頭，是否就讓情感順江水東流，直截了當的面對現實，或許愛情的完整，並不是發生在妳錯過的那個人身上，只是要不要去驗證這項可能性，答案，只能由自己去回答。

《詩經》提供給我們如此熱情奔放的女子形象，提升了女子在愛情的地位與自覺，在上古原來就已經出現這種價值，傳送至今仍然可以作為人生的借鑑。雖然詩中文字無法提供太多兩人之間矛盾的訊息，卻也絲毫不妨礙女子活潑、開朗的形象，作為女人該是什麼樣子，該有什麼自覺，這首詩超越千古依然清晰，帶給我們不論性別深刻的反思，而這樣的自覺思想，伴隨著活靈活現的勇敢女主角，仍將餘音迴盪，永遠流傳下去。

作者小傳

王耀德，就讀於東海大學中文系，朝著當教師目標邁進，嚮往自由自在、不受約束的莊子境界，喜歡從閱讀、寫作體會人生，不喜歡出鋒頭，安靜沉默。

《詩經》中愛情的酸甜苦辣

張伊婷

在愛情來臨的時候，你會選擇張開雙手自然的接受？抑或是委婉拒絕離開？對於愛情這個課題每個人都是新手，不論經驗多寡，會因為對象不同而有不一樣的經歷，這些經驗是不能夠複製的，但要從失敗中記取教訓、在這段關係中不斷的努力、修正、培養才能開花結果，畢竟兩個人由陌生到相戀相識不單是有緣分，能夠一直的攜手走下去，靠的是用心經營。

相信再怎麼堅強能夠忍受寂寞的人，心底深處還是渴望受到愛情滋養的。所以自古以來多少男男女女，為了「愛」演出淒美動人又椎心刺痛的故事，愛這件事情，真的不簡單，得不到的人嚮往能夠受到滋養，得到的人卻同時也嚐盡了各種酸甜苦辣，沒有絕對的好或壞，只能自己體會箇中滋味，就如同林俊傑〈修煉愛情〉中歌詞唱著：

修煉愛情的悲歡　我們這些努力不簡單
快樂煉成淚水是一種勇敢
別人有的愛　我們不可能模仿

回溯古老的《詩經》，裡頭也有無數令人動容的故事，每一首詩歌都有最獨特的情感，有淚水、有喜悅、有相思，也有純真。《詩經》裡的詩沒有一定的解釋，端看讀的人是用什麼角度欣賞，對於詞句的感受及領會都大大地不同，又有些詩人並沒有把詩中所要表達出的意旨道盡，總會留些伏筆及想像空間讓讀者能夠借題發揮、深入其境，幻想自己是詩中的主角，更能融入詩所散發出的氛圍。因此，我認為詩是很自由，給予讀者天馬行空，思想不受拘束的作品，總能療癒每顆受傷不安的心，也讓愉悅者喜上加喜，細細的推敲字句，感受詩人所要表達的情思，當下的心情也會影響詩所散發出來的情感濃度、領悟的多寡。

好的文學作品能給予讀者想像參與的空間，就〈秦風．蒹葭〉來說就是如此。自古以來有多種不同的解釋方式，《毛詩序》解為：「〈蒹葭〉，刺襄公也。未能用周禮，將無以固其國焉。」朱熹《詩集傳》：「言秋水方盛之時，所謂彼人者，乃在水之一方，上下求之，而皆不可得。然不知其所指也。」

蒹葭蒼蒼，白露為霜。所謂伊人，在水一方。
遡洄從之，道阻且長；遡游從之，宛在水中央。
蒹葭淒淒，白露未晞。所謂伊人，在水之湄。
遡洄從之，道阻且躋；遡游從之，宛在水中坻。
蒹葭采采，白露未已。所謂伊人，在水之涘。
遡洄從之，道阻且右；遡游從之，宛在水中沚。

就我第一次讀這首詩的時候，是以愛情面來看，詩每章的開頭都先從景寫起，「蒼蒼」、「淒淒」、「采采」寫蘆葦之茂盛，白露凝結成霜，隨之有一個浪漫朦朧的想像畫面，「所謂伊人，在水一方（之湄）（之涘）」說明了詩人思念的那個人就在河岸另一端，接著描述尋覓「伊人」的過程，逆流而上卻發現道路險阻又漫長迂迴，順流而下卻又發現「伊人」在水中的小沙洲上，明明近在眼前，但總是有阻礙無法跨越，那個詩人心中天天思念、盼望的女子，要見到她多難啊！詩裡表現出男子對於女子的追求、殷盼。另有學者以「理想」方面來解讀這首詩，以君子為主角，延伸至他對於理想目標的追求，一種不願服輸的精神，透露出他對於達成目標的堅定意志，即便過程中困難重重，但也因為達成目標不易，才值得人們用盡心力去挑戰。就同一首詩而言，也能有多方思考、切入的面向，且不論如何解釋都可以，沒有真正的標準及對錯。

《詩經》中另一則男性對於感情的追求忠貞不二的例子：

〈鄭風．出其東門〉

出其東門，有女如雲。雖則如雲，匪我思存。縞衣綦巾，聊樂我員。
出其闉闍，有女如荼。雖則如荼，匪我思且。縞衣茹藘，聊可與娛。

描述了一位面對誘惑卻能不動如山，心定情堅，專一所愛的好男人，不論所遇的女子容貌多麼妖媚動人，一樣不為所動、視若無睹，只因心有所屬，念念不忘他那樸實無華，穿著縞衣綦巾的意中人。男子的情堅意深著實令人敬佩，面對色彩繽紛的花花世界，還能固守舊情，心繫情意，這才是值得歌誦的堅貞愛情。

除了男子對於愛情的追求及態度，《詩經》篇章中也有以女性角度寫的，例如：〈鄭風．遵大路〉上演了一場在大馬路上拉扯的戲碼，一對原本相愛的戀人，一方執意要離開，另一方拉著他的衣袖、拉著他的手不讓他走，女子苦苦哀求、挽留對方不要離開的悲苦樣貌。

遵大路兮，摻執子之袪兮。無我惡兮，不寁故也！
遵大路兮，摻執子之手兮。無我䰩兮，不寁好也！

我覺得這是一首失戀的詩歌，生動的描繪了在愛情走到終點時男女雙方會表現出這種不願放手拉扯的過程。當其中一方不願意繼續此情分，但另一方又不肯放手，哀怨又卑微的求對方，如同對方是她的氧氣、太陽、食物一般，缺一便活不下去，沒有了精神上的支柱及活下去的動力。從這首詩來看也能發現其中一方對自己非常沒有自信，將失和分手歸咎於「無我惡兮」「無我䰩兮」，處於一種卑微的立場，彷彿自己的一切辛酸、痛苦、掙扎、希望都凝聚在這兩句話中了。

另有一首和〈鄭風．遵大路〉呈現很大的對比性的詩歌：〈鄭風．褰裳〉

子惠思我，褰裳涉溱。子不我思，豈無他人？狂童之狂也且！
子惠思我，褰裳涉洧。子不我思，豈無他士？狂童之狂也且！

這一首詩所表現出來的意旨及女性形象大異所見，詩中的女性意識極高，有自己的主見及自信，和以往大家認為的女性特質：被動、害羞不一樣，詩中女子勇於追求所愛之人，掌握發球權，向對方大膽示愛，同時也勇敢地表明自己內心的想法：「不要以為我非你不可！我也是有很多人追求的！」這種主動積極出手的勇氣，在現代社會女性權力地位上升之際或許不在少數，但在封閉的古代社會，想必這位女子有很大的自信及骨氣，不哀求、不卑微，勇敢說愛也勇於放手，大大逆轉了普遍柔弱的女子形象，不再只是處於被動地的等待，而是有自己的主見和想法，追求自己所願，可惜詩中女子的自尊自信，並沒有在千年來以男性為主的社會，喚起女性同胞的覺醒，爭取愛情平等。

愛情的確是個讓人又愛又恨的東西，很多發展並不能只靠幻想就能夠長遠的走下去，現實常常背離理想，白先勇說：「愛情幻覺的破滅，是成長過程必修的一課。」在愛情裡可以嚐到不同的滋味，不論是酸甜苦辣，都令人難以忘懷，這也就是為什麼這個課題從古到今可以如此的折騰著世人，「問世間情為何物，直教人生死相許」，當愛情由〈秦風．蒹葭〉中的曖昧到濃情密意轉而出現了危機，不論是拋棄或不捨，都會是人所面臨困難抉擇的關卡，這時候好好傾聽自己內心的聲音是很重要的，會是如〈鄭風．遵大路〉中萬般不捨之情，或如〈鄭風．褰裳〉中敢愛敢恨的勇氣，就端看每個人的價值觀及處理的態度了，我認為愛情是美好的，可以彼此一同成長、面對許多的困難和阻礙，相知相惜攜手譜出一段屬於自己的愛情故事，既然相遇的機率這麼低，相戀了就要好好珍惜。

作者小傳

張伊婷，目前就讀東海大學中文系三年級，興趣是跑步、打羽球，喜歡在坐車的時候聽歌放空，也喜歡瀏覽手寫文字，最喜歡看大海，專長是很會迷路。

愛情中最閃亮的一顆星

翁蒂庭

從古至今，女性往往是較為脆弱、卑微的，也是擔任著包辦家事與照顧男人的角色。而大部分的女性，在愛情中，往往會選擇自尊心放得較低，在男人背後默默支持，受到委屈也會自己往肚裡吞；當受到自己的男人冷落，且不表態感情時，通常也是女性先低頭，哀求男人不要忘記往日舊情，抑或是整日食不下嚥、形銷骨立，日日哀嘆愛情帶來的痛苦。一直以來，女性往往呈現出順從、溫柔、被動等形象。

但《詩經》中的〈鄭風．褰裳〉所描繪的女主人公的形象，卻恰恰與大部分的女性相反。

〈鄭風．褰裳〉

子惠思我，褰裳涉溱。子不我思，豈無他人？狂童之狂也且！

子惠思我，褰裳涉洧。子不我思，豈無他士？狂童之狂也且！

此詩為兩章複沓，首一、二句為女主人公呼告男子，若是愛她、思念她，就直接提起衣裳的下襬渡過溱水及洧水來見她吧。這是直接請對方拿出愛她的證據，如果是真心實意的愛她，就應該排除萬難的來找她，她一改女性柔弱、被動的角色，直接向對方喊話，主動出擊，在男性主宰一切的社會中，這位女子表現出不平凡，並挑戰傳統，直接向男性發下戰帖；而從此就可以看到，這位女子是一位充滿自信與主見的女子。

接下來的詩句更能表現出這位女子冷靜、潑辣、理性及坦白的性格，很直接對男子說出「如果你不來愛我，難道我就沒有人愛了嗎？」接下來更是向對方示威，罵對方是多麼的狂傲、看不起女性。讀完整首詩，完完全全浮現出女子站在河邊，雙手叉腰，抬頭挺胸且不屑的對著男子大喊的畫面；也可從中感覺出這位女主人公有著自信與自尊的個性，就算最後男子真的不愛她了，她也能快刀斬亂麻，繼續尋找屬於她的終身幸福。所以不管是古代或是現代的女性，都必須要有在愛情中果斷、理性且直接的自覺，不要輕易向男性示弱，如此一來，女性也能大放異彩，活出自己的天空。

而這首詩中女主人公給我的感覺，讓我聯想到在電視劇《紅高粱》中的戴九蓮，人稱九兒的女主角。《紅高粱》的歷史背景設定為抗日戰爭的那個時代，故事描述的是在高密這個小縣城中，除了演示著男主角余占鰲與女主角九兒刻骨銘心的愛情；還有老百姓、土匪、縣長及侵略中國的日本人，其中的愛恨情仇、公怨私怨也都有深刻的演繹。

而九兒，我認為不管是在當時的時代，或是在當今的社會中，她一定和在〈鄭風．褰裳〉中提到的，有著充滿自信、主見與理性的女性特質，但同時又兼具與傳統女性特質相符，是溫婉溫柔、以自己男人、家庭為主的女性。

九兒就是一個完美的女人。

余占鰲為高密縣城大名鼎鼎的土匪頭目，他正義、勇敢及瀟灑，又很重義氣，所以當時日增加，他的勢力就越來越大。他雖是土匪，卻劫富濟貧，連官府都常常拿他沒辦法。九兒與余占鰲育有一對龍鳳胎，為了給孩子過上好日子，不用每天提心吊膽被官兵追殺，她選擇不與余占鰲有太多的關係糾葛，也曾好幾度與他斷絕來往；但九兒其實也是深愛丈夫的，她曾好幾次勸余占鰲退隱江湖，但土匪的這條路一旦踏上了便難以回頭，她最後也只能引領余占鰲別在這條路上走了偏道。

而身為土匪頭目一生最愛的女人，也是無法取代的妻子，她常常顛覆了在那個時代裡女性會給人的傳統印象。在劇中，可以看到她常常在半夜和到村裡偷看她和孩子的余占鰲爭吵，甚至都對他破口大罵。有好多次都讓我印象深刻，只見一位形象端莊美麗的女人，對著自己的男人示威、威脅。她常常說：「我不想要孩子長大後被說有個當土匪的爹，也想讓他們過上太平日子，你如果愛我跟孩子啊，就早早收了，別再當土匪了！」這不就是和〈鄭風．褰裳〉中的女主人公一樣，不斷的呼告男子，主動出擊，叫對方拿出愛她的證據嗎？而之後劇中又有好多次演著九兒為了逼余占鰲退隱，苦勸不聽，而威脅要與他斷絕往來，往後不再相見。

那時的她在房中用冷冰冰的口吻說著：「我們以後別見面了，就算你不在或是不愛我啊，我也可以跟著孩子過著安穩的生活，搞不好以後索性找個忠厚老實的種田人嫁了，也比你好。」這又與〈鄭風．褰裳〉中的內容相吻合，詩中的女主人公與九兒一樣，都對自己充滿自信，也很清楚自己手中擁有的籌碼，就算余占鰲不愛她了，她也有其他的選擇與生活的方式，也透露出不用依賴余占鰲的訊息；她不被愛情沖昏頭，也很理性的將日子中的現實面與愛情比較，在必要時學會放手，在愛情中不失果斷與自覺。

九兒是我讀這首詩時最先聯想到的人物，她雖有大膽、潑辣、直接的女性特質，但骨子裡其實也是深愛自己丈夫的，她的一輩子都如一盞明燈，在充滿荊棘的崎嶇險道裡，為余占鰲開路、指點，讓他成為一個時代的英雄、被老百姓愛戴的正義之士。她曾說：「一個女人如果珍惜她的男人，就該知道引他走什麼樣的道。」從這些地方都可以看出，其實她心裡也認為自己的丈夫是個了不起的英雄，她也崇敬他、深愛他，她願意犧牲自己來照顧與他建立起來的家庭，還有余占鰲本人。而這也是為什麼每一次的果斷斷聯，到最後又變成藕斷絲連，再到最後九兒也與自己妥協，沒有辦法脫離土匪頭目的身分，就只求丈夫不要走歪了道。這些又是我在〈鄭風．褰裳〉中看不到的，九兒雖然有著與詩中女性一樣的性格，但從另一面看，她也是一位溫柔、顧家、順從的好妻子、好女人，是一位傳統的女性，正因為她同時兼具，所以她才是一位偉大的女人，在當時的時代中一改女性柔弱的形象，與傳統價值觀碰撞出亮麗的火花，照亮了她自己，讓她散發出屬於她的光芒，成為愛情中最閃亮的一顆星。

作者小傳

翁蒂庭，就讀東海大學中文系三年級，喜好閱讀小說、散文，也喜歡中國歷史，夢想能在出版社工作，現在正努力實踐中。

風中奇緣

〈鄭風．風雨〉

胡庭瑜

風雨淒淒，雞鳴喈喈。既見君子，云胡不夷。
風雨瀟瀟，雞鳴膠膠。既見君子，云胡不瘳。
風雨如晦，雞鳴不已。既見君子，云胡不喜。

風雨交加，風寒雨涼，雞叫聲不停。見到了你，怎麼會不平靜？風雨交加，風強雨急，雞叫聲不斷。見到了你，怎麼會不快樂？風雨交加，天昏地暗，雞叫聲不止。見到了你，怎麼會不歡喜？

詩篇採三章疊詠：淒淒，是女子所受的寒冷之感；瀟瀟，是女子聽見的蒼涼雨聲；黑夜般的晦暗，是女子眼前所見。每章開頭兩句，以風雨、雞鳴起興，未見時，外在世界的淒風苦雨，也正是女子內心交戰之場景——回憶是風，君子是雨，為此她風雨交加。

她想，這樣惡劣的天氣，你是否會惦記著我們的約定前來？你是不是在途中遇到了什麼事？你是不是也被這風雨困住了？你，還會來嗎？

雞是守時而鳴的，那個人卻遲遲沒赴約。面對凜冽之風、滂沱大雨的侵襲，心裡的遮雨棚幾乎面目全非，思念如潮，而在絕望即將潰堤之際，忽然見到所盼之人向她走來！一步，兩步，三步——燦爛的笑容出現在眼前。就像原本陰霾的天色，因為清朗的陽光撥開雲層，照亮了所有的哀愁與慘澹。群雞一改亂啼，齊聲歡唱，而淒風苦雨成了美麗的太陽雨，還有彩虹點綴其中。

這種情景反襯手法，就是王夫之所說的：「以樂景寫哀，以哀景寫樂，一倍增其哀樂」，對女子而言，那個人的笑顏像是超強特效藥，一見，便如病初瘳；那個人的出現彷彿和煦的太陽，一照，足以抵銷濕冷狼狽。

由「云胡不夷」的開心，再到「云胡不瘳」，積思之病的痊癒，最後「云胡不喜」，難以掩飾的喜悅化為高聲呼喊——「你來了！」細膩地描繪出心理上微妙的變化。

有人曾說過：「世間所有的相遇都是久別重逢。」可是如果有生之年，一直沒有再相遇呢？我在想，詩的最後存在著好幾種可能：有可能她耐不住性子，先行離開，而他稍後才趕來相約之地，兩人錯過；有可能他根本就不把約定放在心上，她受風吹雨淋，依然堅守許諾在原地等候，那人卻不會知道女子所承受之苦。

這個世界上，錯過就沒有的、錯過卻不知道的，太多了。因此，知道女子終於見到那個他的那刻，真的很替她感到開心！在時間的荒野裡，沒有早一步，也沒有晚一步的相遇，覺得這就是一種奇蹟！從等待時的淒涼酸楚，初見時的遲疑驚訝，最後確信那是現實，並非夢境時的喜出望外（可想見女子上揚的嘴角都要咧到太陽穴去了），他們的故事，終於圓滿。

有些花不是不開，而是在等到適合的溫度和季節。聽，那風雨呼嘯著，好像在說，別急，該來的都在路上了！

我們都無法具體地解釋「愛」，但是知道，只要見到那個人也堅定地向我走來，就能義無反顧地為他開花。

作者小傳

胡庭瑜，造夢的腺體特別發達。上禮拜四夢到去魔法用品店血拚，購買魔杖。一支。有困難可以找我，用法力替你解決（雖然那魔杖看起來不太好用）。

東門三月

周寅彰

三月，是百花盛開的季節。所有跟我一樣年紀的女孩啊，蘊藏好足以熬過漫漫冬日的養分之後，禱告吧！在積雪的泥土裡虔誠祈禱，等待暖和春陽再次眷顧我們的時刻到來，融雪的大地便是我們百花爭鳴的舞臺。女孩們聽好，拿出衣櫃裡最耀眼的那件洋裝，三月是展示成果的時候，我們準備引領風騷。

是那時候收到你的告白吧，我記得。你在便條紙寫下的，生澀歪斜的幾句話，好像瞄準我眼神裡的渴望，然後「砰」地一聲，命中紅心。

縞衣綦巾，聊樂我員。

你搔著頭傻笑，說你忘了原文只記得大概，然後忙著解釋：

「不過應該是出自《詩經》啦！沒錯，我可以確定，畢竟我還是中文系嘛！哈哈哈。你不覺得情境很像嗎？跟我們很像。」
沒來得及說些什麼，不過我記得我也跟著笑了，卻忘了為什麼。

三月過去了好幾週
世界開始有點熱
參不透的那種難過
忽然覺得沒什麼
……

youtube隨機播放起〈三月〉這首歌，有點應景，有點應情。一團還沒來得及處理的情緒，我以為已經燃盡、沒有用處的一團黑土，遺棄在心底的某一個忘了鎖緊的地下室，突然灌進了張惠妹沙啞內斂的嗓音，揚起塵埃。在整理舊物的某個三月午後，在廢紙堆裡掉出了某張揉皺的便條紙，沒能被及時記起的那首詩的全貌，才隨著被揚起的記憶灰燼被重新拼湊：

出其東門，有女如雲。雖則如雲，匪我思存。縞衣綦巾，聊樂我員。

出其闉闍，有女如荼。雖則如荼，匪我思且。縞衣茹藘，聊可與娛。

你說我特別，在五彩繽紛的大學門內，你只欣賞我不過分雕琢的打扮，說自然是美。你看不上那群把臉當畫布、軀幹當聖誕樹的做作女孩，轉而欣賞我曖曖含光的內在。我便這樣從牆壁裂縫邊顧影自憐的酢漿草，一路被捧上了天，成了你最愛比喻的星星。在三月重生的我，沉醉於你眼裡對我的崇拜，不能自拔。我的姿態因為你的灼熱眼光而存在，我的美因為你才得以重新被定義。我存在，在你的存在。像一位被遮住雙眼的舞者，被賦予新的旋律，在舞臺上全神貫注，每一個伸展、每一次跳躍，用肢體演繹流動的音符，為了符合你口中那完美而理想的我舞動，醉心而投入。

我們用心交換愛情而寂寞
我們一起因為愛情辛苦著
兩個人的那時候隨三月過去了
總有一個
會記得

記憶仍在瀰漫，三月的旋律繼續。

直到五年後的某個三月天，我原本執著於那幾個以「為什麼」作開頭，關於愛與不愛的問題，都隨著〈出其東門〉的疊章複沓，反覆勾勒出答案的輪廓。我想我不會去問你那張粗糙的便條、零碎的詩句，如果說追求夢想的過程中必須莫忘初衷，那麼愛更應該如此。比起現代流行的速食愛情，我們可能更適合古老的《詩經》愛情，始終而專一。

作者小傳

周寅彰，半途出家、不務正業的學生，在中文系裡翻滾掙扎，尋求自己應當歸屬的定位。喜歡閱讀、口才極差。

賴床的人

陳儒玉

〈齊風・雞鳴〉

雞既鳴矣，朝既盈矣。匪雞則鳴，蒼蠅之聲。
東方明矣，朝既昌矣。匪東方則明，月出之光。
蟲飛薨薨，甘與子同夢；會且歸矣，無庶予子憎！

西元前八六三年，清晨月亮逐漸落下，帶著閃爍星光的漆黑天空漸漸透出一絲絲的溫白。此時，震耳且響亮的聲音劃破天際，「咕咕咕！」，是雞鳴。

「大人，外面的公雞都啼聲啦！您快醒醒吧！您的臣子們都已上朝啦！」是一位女子，烏黑亮麗的長髮披肩，雪白的肌膚下還帶著被褥的溫熱氣息，眼神雖然帶著點睡意，但語氣卻是萬般著急。

「唉呀！那才不是雞叫聲呢，那只不過是蒼蠅在耳邊的嗡嗡聲罷了！」眼睛緊閉、眉頭深鎖，齊哀公將被褥拉上，不願多聽在旁的妃子勸言。

可是這賢妃並沒有放棄，繼續試圖將哀公從被窩中「請」出來。此時剛才只透出一絲溫白的天空，在這頃刻之間已暈染成一片亮白。「大人您看，這東方的天都已經亮啦！臣子們都已到齊啦！」賢妃著急地叫著哀公起床，但只見哀公無奈地探了探頭，用不耐煩的口氣說道：「那才不是天亮了呢，那是出自月亮的光芒啊！」

看見枕邊人如此的態度，賢妃淡淡地看著這床暖被，「唉，這飛來飛去的蒼蠅，我當然想要再跟你一同好夢，可外面的朝會都要散去啦！請不要因為我的疏職而使你被厭惡啦！」

從被中突然發出一些聲音，雖然模糊，但賢妃卻聽得很清楚，「是啊！我的賢妃，可我生性怠惰，這厚被與你都讓我不想面對外面那些繁雜的政事，不論是逆耳的忠言，又或是令人醉心的讒言。我寧願把雞鳴聽成蠅擾，把熾熱的朝陽看成冰冷的月光，即便眾人都認為我是一位昏君，我也不想面對這些惱人的國家大事。」

「是嗎？可您是一國之主啊！這外邊的宮人、大臣都盡守自身的本分，做好自己份內的事情，為的不就是得到您的回應嗎？可您卻是用這樣逃避的方式對待他們，這樣豈不是辜負了他們所付出的努力？我身為在您身邊服侍您的妃子，那就必須要盡到督促您的責任，否則若是您被大家厭惡了，那便是我沒有盡責了啊！」

「啊，所言甚是！」哀公點了點頭，這才從被褥中出來。

二〇一五年清晨，鈴鈴鈴！鬧鐘尖銳的響聲震破耳膜，一天的工作隨著這聲刺耳開始轉動，又是忙碌的一天。

「老公，該起床啦！鬧鐘都重複叫了十幾次了！你的同事都去上班了呢！」面帶些許蠟黃的女子兩眼惺忪的搖著枕邊人的肩膀。

「不要，那才不是鬧鐘響，是蚊子的聲音啦！牠吵得我整晚睡不好！」他拉起被子，將自己埋進羽絨被中，繼續做著那還沒結束的春秋大夢。

這是一個小家庭的日常，一場每天都會上演，卻又看不膩的小電影，雖然有點煩人，但何嘗不是一種生活上的小樂趣。

「你再睡，太陽就要曬屁股啦！」女子起身把窗簾大力的拉開，棉絮因為這劇烈的晃動被震得四處飛散，外頭的陽光不偏不倚的灑在男子被窩上，熱能慢慢的傳進被窩裡。

「不是！這是月亮的光啦！絕對還沒天亮！求你行行好，再讓我睡會兒。」男子越是將被窩拉緊，不願面對的將身子曲成像條蟲子似的。這時女子的眉毛挑了一下，爬上床，大力的將被窩「拔」起，男子赤裸裸的彎曲身子呈現在面前，

「不！」的表情全寫在臉上，不情願地直盯著女子。

「你盯著我也沒用，那蚊子也吵得我一晚上沒睡好覺，我還不是早起把你給叫醒了？要是能睡我也想和你再多睡一會啊！可是你上班要遲到啦！你如果不去乖乖的上班，我會被那些三姑六婆討厭的鄰居說閒話的！」女子一邊露出不耐煩的表情說著，一邊將床給鋪好，面帶無奈的笑容補上了一句：「好啦！快去刷牙洗臉！我也有我的事要做啊！今天也要加油才行啊！」

每天都會上演的雞鳴催起圖，千年如一日，在不同的人物，不同的家庭上演。情節大同小異，夫妻之間的互動也相差無幾，休息一晚之後，依然想要更多的休息，爬不起來工作。這床頭的敦促，喚醒一天活動的開始，讓賴床人無法再賴下去。

作者小傳

陳儒玉，平常喜歡用不同的角度看看一些「常理」、「怪事」，拍拍風景，嚐嚐美食，寫寫札記，其實人生就是這麼的簡單。

最早的守財奴

呂珍玉

節儉是美德，可以養成愛物惜物的好習慣，生活上若能量入為出，慢慢的一定能積存財富，讓日子過得更好。相信許多人都奉行這樣的生活原則，不敢太過奢華，把金錢花費在不必要的享受上面。但是如果太看重金錢，完全捨不得享受生活，嚴重的話也會流於小氣吝嗇，這樣就不懂得生活情趣了。

〈唐風．山有樞〉中有一位捨不得享用物質生活的人，詩人為他留下記錄，箴戒我們別像他那般節儉，捨不得花用啊！這詩如下：

山有樞，隰有榆。子有衣裳，弗曳弗婁；子有車馬，弗馳弗驅。
宛其死矣，他人是愉。
山有栲，隰有杻。子有廷內，弗洒弗埽；子有鐘鼓，弗鼓弗考。
宛其死矣，他人是保。

山有漆，隰有栗。子有酒食，何不日鼓瑟？且以喜樂，且以永日。宛其死矣，他人入室。

這位財主有漂亮的衣服，竟然藏在衣櫥，捨不得穿，有華麗的車馬，也捨不得乘坐出遊；他還有豪宅別墅，也捨不得住，平時粗茶淡飯，捨不得吃好的，更別說請親朋好友來家吃頓飯，享受一下他家的鐘鼓演奏了。詩人看他積聚不少財富，每天只知辛勤工作，很少停下腳步休息一下，犒賞自己的辛勞，讓生活多些情趣調劑，於是寫下這首詩告誡他，應該適度的享用美食，偶爾宴宴客，與他人分享成果，這樣生活中自然會增加一些樂趣，說不定還可以延長壽命呢！不要老是工作賺錢忘了休息，累積再多的財富，若不懂得享用，最後人一死了，所有的財物還是不能帶走，全數將歸為他人保有啊！

這樣的警言確實說中很多節儉人的心態，生前辛勤工作，卻一直虧待自己，每天以累積財富為樂，最後賺得金山銀山，自己卻成了隻一毛不拔的鐵公雞，鄙吝到難以親近。〈山有樞〉中這位仁兄可以說是吝嗇鬼的始祖了，在他之後，歷朝歷代不乏這號人物。漢代邯鄲淳《笑林》中也有一位和他旗鼓相當的同好：

漢世有人，年老無子。家富，性儉嗇，惡衣蔬食。侵晨而起，侵夜而息，營理產業，聚斂無厭，而不敢自用。或人從之求丐者，不得已而入內取錢十，自堂而出，隨步輒減，此至於外，才餘半在，閉目以授乞者。尋復囑云：「我傾家贍君，慎勿他說，復相效而來。」老人俄死，田宅沒官，貨財充於內帑矣！

這位有錢老頭兒，每天省吃儉用，積存不少財富，卻吝於對可憐的乞丐施捨，隨步輒減布施的銅錢，最後只剩半錢，居然如同割肉般不捨，閉目以授乞者，叮嚀他說這是自己僅有的錢了，千萬別跟他人說，以免他人也上門來討。結局是他死後留下大筆財產無人繼承，全數都充公了。

這種節儉吝嗇個性還真是許多中國人的特質呢！劉義慶《世說新語》為這類人物特別開立儉嗇一門，門內有當時有名世族人物——和嶠、王戎、衛展、王導、王悅、庾亮、郗愔等人，他們守財鏗吝程度不相上下，令人嘆為觀止。拿王戎來說吧！他官居司徒，攢積錢財到了「洛下無比，契疏鞅掌，每與夫人燭下，散籌算計。」的程度，可是竟然小氣到連女兒出嫁都不給嫁妝，女兒向他借幾個錢沒還他，回娘家還擺臉色給她看，直到她還錢才露出笑臉；好不容易送給姪子一件衣服，後來又向他討了回來。對待家人尚且如此，對待外人的小氣自然不在話下了。

他家種一棵好李，結果子了，請人家吃，事先還不怕麻煩一一將核錐壞，免得他人拿去種，也長出好李來。這種人還真自私、貪得、不懂得分享啊！

像〈唐風、山有樞〉這種摳門人物遺傳基因似乎特別強，世代不絕，因此永遠是寓言、笑話、小說中的主角。偶然在「蕃薯藤網托邦」中看到一則笑話：

有一富人生性吝嗇，從來不曾請客。

一日，他家僕人拿著一籃碗盤到溪邊洗滌。

有人問他：「你家主人是不是要請客啊？」

僕人回答：「要我家主人請客，等下輩子吧！」

事後，富人知道便把僕人訓了一頓：

「誰叫你自作主張，隨便和別人訂日子!!」

這位仁兄將小氣吝嗇個性發揚光大到令人噴飯的程度了，當人吝惜物質時，他只看到身外的東西，做了金錢財物的奴隸，忽視生活中精神層面也是要時時關照的，「且以喜樂，且以永日」，〈山有樞〉詩人的箴戒一針見血，可惜從古以來似乎沒多大效用。

作者小傳

呂珍玉，桃園縣人，東海大學中文研究所博士，現任東海大學中文系教授，講授詩經、訓詁學、詩選等課程。著有《高本漢詩經注釋研究》、《詩經訓詁研究》、《詩經詳析》等專書。熱愛教學研究工作，不知老之將至，最高興看到學生有傑出表現。

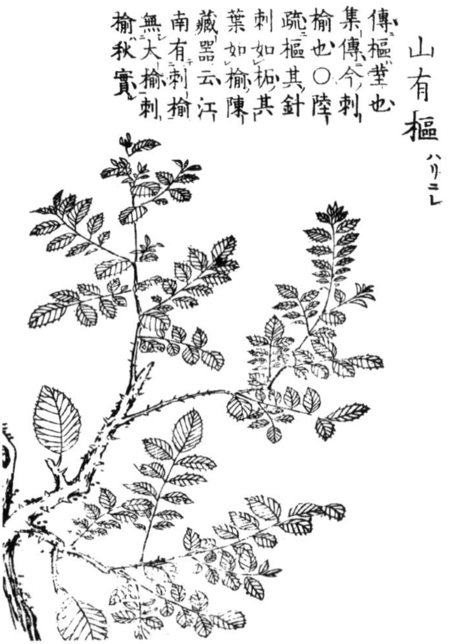
山有樞
ハリニレ
傳樞荎也集傳今刺榆也○陸疏樞其針刺如柘其葉如榆陳藏器云江南有刺榆無大榆刺榆秋實

不忍離開你

呂珍玉

如果你是上班族，你的老闆只顧自己享受，不將心思放在公司，對員工苛刻至極，你會繼續留在這家公司，為他賣命工作嗎？如果妳嫁個不顧家的丈夫，成天吃喝玩樂，偶爾還暴力相向，妳還會認命的待在這個家嗎？相信大多數人都懂得識時務者為俊傑，衡量情況做最好的選擇吧！恐怕很少人願意待在原點，死心塌地陪伴那個不堪的人，企圖改變他，認為他只是一時糊塗，未來一定會變好的。

遠在周代，就有不少臣民，面臨是否離開自己的國君、自己家園的抉擇。如〈邶風、北風〉：

北風其涼，雨雪其雱。惠而好我，攜手同行。其虛其邪，既亟只且！

北風其喈，雨雪其霏。惠而好我，攜手同歸。其虛其邪，既亟只且！

莫赤匪狐，莫黑匪烏。惠而好我，攜手同車。其虛其邪，既亟只且！

衛國宮廷篡弒、構讒爭位事件頻傳，加上對齊、晉、邢、狄的戰爭不斷，長時間的生活不安寧，百姓紛紛想離開這個亂邦，詩人描述兩個好友，攜手準備離開生活多年的家園，他們對故鄉已經毫無依戀之心了，只聽見「我們這樣走，會不會太慢呢？」「已經夠快了啊！」的彼此對話聲。在這樣北風寒涼，大雪紛飛死寂的世界裡，天地如此無情，國勢如此危殆，逃生是唯一的出路，再不快走就來不及了。

又如〈魏風．碩鼠〉：

碩鼠碩鼠，無食我黍！三歲貫女，莫我肯顧。逝將去女，適彼樂土；樂土樂土，爰得我所。

碩鼠碩鼠，無食我麥！三歲貫女，莫我肯德。逝將去女，適彼樂國；樂國樂國，爰得我直。

碩鼠碩鼠，無食我苗！三歲貫女，莫我肯勞。逝將去女，適彼樂郊；樂郊樂郊，誰之永號？

魏國實施履畝稅制，農民除了要付出勞役為公田耕作外，還要繳納私田收成的十分之一稅收，統治者像隻躲在糧倉裡的大老鼠，不勞而獲，坐享其成，每天吃得飽飽的。老百姓辛勤耕種，還要擔心天災蟲禍，收成不好，繳不出賦稅，一家老小將沒食物吃。這隻大老鼠永遠沒有滿足的時候，我們多年供養牠，卻不見牠有任何顧念憐憫的心。生活在這樣的國家，國人紛紛想離開，尋找一個沒有戰爭，沒有苛稅的樂土。人間到底有沒有這樣的樂土呢？魏國的老百姓已是一群流離失所的難民，大家攜家帶眷，綿長的隊伍出發了，他們和衛國人一樣，也下定決心要離開這個苛政猛於虎的故鄉，尋找那不知在何處的桃花源樂土。

無獨有偶的，在唐地也發生類似的事件，這位國君是誰不能確知，他穿著豪華羔羊皮衣，裝飾豹皮衣袖，但是沒有一國之君該有的風範，他非常自以為是，對待臣下態度傲慢，許多朝臣都受不了他的行事風格，不是裝病，就是勇敢辭官不幹了。有一位他多年的老友看到這種情況，也很想離他而去，但是一想到若自己離開，就沒有人對他說真心話，在旁提醒他施政的缺失了，於是他寫下〈唐風．羔裘〉這首詩，希望國君看了能夠反省改過：

羔裘豹袪，自我人居居，豈無他人？維子之故。
羔裘豹褎，自我人究究，豈無他人？維子之好。

你奢華傲慢到朝臣紛紛離你而去，我並不是無處可去，鄰國的待遇遠比留在此地優渥，可是你是我多年的好朋友，以前我們交情曾經如此之好，我又怎忍心在你最危險、最需要朋友的時候離開你呢？

〈羔裘〉詩中這位朝臣的真心和忠心是如此動人，不因所有人都背棄國君，他也選擇離開。他依然堅持不離不棄，期望能改變對方。也許有人會認為他愚忠至極，跟著扶不起的阿斗，最後必然和他一起陷入泥淖之中。這種情形在中國歷史上還真是前承後繼有人呢！商代比干勸諫暴虐的商紂王說：「主過不諫非忠也，畏死不言非勇也，過則諫不用則死，忠之至也。」終至被暴虐的商紂王剖心觀竅。屈原對聽信讒言的懷王、頃襄王父子忠心耿耿，「雖九死其猶未悔」，「忍而不能捨也」，終投汨羅江葬身魚腹。這些人果真是愚忠嗎？「不忍離開你」是無比的深情，是無怨無悔的付出，是我還對你抱有希望，〈羔裘〉詩中這位朝臣，也許終究沒有改變他的故舊惡行，但他忠於朋友，看重友情，不求個人名利，這樣的人格和意志，對照危難時紛紛離開家園的人，他的堅持不悔，顯得更加深情感人了。

作者小傳

呂珍玉，桃園縣人，東海大學中文研究所博士，現任東海大學中文系教授，講授詩經、訓詁學、詩選等課程。著有《高本漢詩經注釋研究》、《詩經訓詁研究》、《詩經詳析》等專書。熱愛教學研究工作，不知老之將至，最高興看到學生有傑出表現。

印自周汛、高春明著《中國古代服飾大觀》

遠古時期的邊緣人

趙詠寬

作者 kaopan（曾是邊緣工具人）
標題 Re：〔問卦〕古代有沒有邊緣人啊？
時間 Fri Nov 11 11:11:11 2016

※引述《DIDU（沒人找我QQ）》之銘言：
：大家好，我魯肥宅一枚。上課時總是坐在教室前面，以便專心聽老師上課。
：所以課堂上沒有跟同學聊天、滑手機。分組時沒同學找我，我只好跟老師說
：自己一組。吃飯時也沒人揪我，我主動找同學時他們都默默漂走。
：回宿舍時也常常只有我一個人，室友們不是去夜唱、夜衝就是去陪女友。
：他們就算回來也都各忙各的，跟他們打招呼也不回我。我是不是被邊緣了？
：古代有沒有跟我一樣的邊緣人啊？QQ

你好，為你的遭遇拍拍。展開討論前，請先作一次《孟子．離婁下》對人是否仁、禮、忠的檢視，檢視好了嗎？OK，以下文長，慎入！

古代有沒有邊緣人呢？有，而且頗多。貶謫文學作家基本上都是邊緣人，如韓愈、柳宗元、歐陽脩、蘇東坡、王安石等。不過邊緣人可不是唐、宋才出現，目前最早的文字記錄可追溯至《詩經》。

《詩經》記錄西周初期至春秋中期人類活動，篇章中可見邊緣人身影。如〈唐風．杕杜〉：

有杕之杜，其葉湑湑。獨行踽踽。豈無他人？不如我同父。
嗟行之人，胡不比焉？人無兄弟，胡不佽焉？
有杕之杜，其葉菁菁。獨行睘睘。豈無他人？不如我同姓。
嗟行之人，胡不比焉？人無兄弟，胡不佽焉？

白話翻譯就是棠梨樹雖然孤挺於原野，但枝葉茂盛。而我獨自走在路上，卻沒有一個人肯理我……這情景是不是似曾相識？再看下一首〈唐風．有杕之杜〉：

有杕之杜，生于道左。彼君子兮，噬肯適我？中心好之，曷飲食之？

有杕之杜，生于道周。彼君子兮，噬肯來遊？中心好之，曷飲食之？

詩中主人希望有位與他吃飯、聊天，排解內心孤獨、寂寞的朋友，不過這位朋友待尋中。有沒有種嗆我嗆夠了沒的感覺？

分享魯叔以前的經驗，大一時雖然聚餐、烤肉有人揪，不過聚餐時沒人想聽我說話，一說話就被句點，只能當空氣般的傾聽者。烤肉時，我會熱心幫大家烤肉，偶爾想小聊幾句時，同學們客氣地說：「嗯！你專心烤肉，不打擾你，加油喔！」當下覺得「加〇妹，邊烤邊聊不行嗎？」後來我知道，自己根本是飯局的分母，烤肉時的工具人，諸如報告、筆記等都是如此，根本進化為工具邊緣人了。

不過有失必有得，身為邊緣人可避開許多無聊的人際糾紛，如報告分工、戀愛波瀾等。有首詩給你參考，〈檜風．隰有萇楚〉：

隰有萇楚，猗儺其枝。夭之沃沃，樂子之無知。

隰有萇楚，猗儺其華。夭之沃沃，樂子之無家。

隰有萇楚，猗儺其實。夭之沃沃，樂子之無室。

主人公是鄉民所謂人生勝利組，有朋友、老婆、小孩，人生該具備的人際關係都有了。然而他卻羨慕奇異果生長在大自然中，無憂無慮，不用煩惱與人相處的眉角或是責任（註一）。人生的弔詭在這，得不到的想得到，得到了又想放掉。

因此，請好好思考大學必修三學分的比重（註二），做好適合自己的分配。青春稍縱即逝，一去不回。做了選擇，請接受與面對可能產生的後遺症。當時我決定專注在課業上，同學尋求幫忙的時候還是會小幫一下，但不會像過去那樣爛好人。這時就會慢慢進入絕緣人狀態，一位朋友都沒有。不過這正好是學習獨處與尋找定位的時刻，如果想提升生命質感，這是必經之路。有些人害怕獨處，但有些人享受獨處，〈衛風．考槃〉這麼說：

> 考槃在澗，碩人之寬。獨寐寤言，永矢弗諼。

註一　上博簡《孔子詩論》：「〈隰有萇楚〉，得而悔之。」李零認為主人公雖「有知」、「有家」、「有室」，反不如萇楚無之，故曰「得而悔之也」。參見李零：《上博楚簡三篇校讀記》（北京市：中國人民大學出版社，2007年），頁24。

註二　學業、愛情、人際。

考槃在阿，碩人之薖。獨寐寤歌，永矢弗過。
考槃在陸，碩人之軸。獨寐寤宿，永矢弗告。

詩中主角決定遠離人群，生活於大自然。享受不被打擾的喜悅，天地為家的怡然。當然，二十一世紀這方法有些難度，可參考陶淵明〈飲酒詩之五〉：

結廬在人境，而無車馬喧。問君何能爾？心遠地自偏。

陶淵明仍身處人境，但猶如隱居。因為已找到生命的方向，內心不受影響。奇妙的是，當找到自己定位的時候，跟你差不多想法、性質的人就會慢慢出現，即使還沒出現，你也會主動尋找的，相信我（註三）！

記得！邊緣人或絕緣人往往是「被」貼上的標籤，而這標籤往往不代表真實的我。我們所經歷的排擠、難堪、孤獨，前有古人，後有來者，所以我們並不孤單也不可恥。接受自己被邊緣的感受，再去斬斷被邊緣的感受。這是一輩子不斷進修的課題，祝福你！

※發信站：詩三百實業坊（ssb.cc），來自：119.123. 148.56
※文章網址：https://www.ssb.cc/bbs/ SHIJING /Z.757.B.C.html
噓SHUOSHU：廢文無誤！
→JiaoTong：文章太長，直接end
推SHULI：邊緣人淚推………

作者小傳

趙詠寬，檢索本身有何專長？能否為瞬息萬變的二十一世紀所需？若不為所需，還能發展何種專長？尋求可能性中。

註三　天大地大，此處不留爺，必有留爺處。

葛生夢

周寅彰

角枕粲兮，錦衾爛兮。予美亡此，誰與？獨旦。

——〈唐風・葛生〉

給你我所能給最好的，就像你留給我最珍貴的。不要問是誰睡在這裡，我唯一能夠透露的是他跟我一樣都是一個人，一個人睡。

離別是殘酷的，不論是對留下來的人，抑或是先走一步的人來說。死亡好像不需經歷過就相當值得害怕，還是我們都對未知感到恐懼，例如鬼或外星人。時間是掠奪者，催生了野草占領你即將長住的穴，癱瘓了愛人的神經。只剩想念。迎接那一天（無論是屬於誰的），我們總是措手不及，像一場暴雨，在特別寂靜漫長的夜晚，突然從冰冷的話筒傳入身體，不受任何阻礙，麻痺了所有交感神經。所有準備、整理、收拾、哀悼的儀式，都在那一天過去很久之後才解除封印，像齒輪一樣彼此咬合、牽動。不是開始運作正常生活，是怎麼不正常的又哭又笑。

開始思念丈夫，必須要距離那不屬於我的那一天過去很久以後，才能夠有勇氣凝視失去的悲傷。長眠以後是永生的彼岸世界，留下來的人疾步跟上領先的人，只是這段路太長了，如綿延不斷的葛藤，纏繞著後頭的人的腳步，攀伸到看不見盡頭的地方。

每當我闔上雙眼，就覺得離你又靠近一些，好像你一直存活在眼皮底下的那個世界。然而又當刺眼的晨光照亮有你的地方，逆光看不清你的輪廓，張開眼睛，又會覺得遠離你一點。

夏之日，冬之夜。百歲之後，歸于其居。

我貪心的想要你一直陪在身邊，於是期待起拜訪你世界的那一天到來。竊想著那一天我會流淚還是笑著，我終於不必再倚賴眼睛確認你的存在，只要倚著肩膀，熟悉的鼾聲會在耳邊響起，你的心跳會透過手腕的脈搏，給我溫暖。棺蓋會隔絕任何可能吵醒我的，不屬於兩人世界的喧囂，我將以思念與愛作為信物，和守墓人交換刻有你名字的鉛牌，因為有緣，所以我們會走在一起。（在臺語鉛與緣同音，民間信仰中，拜月老要準備鉛牌，以「鉛」求「緣」。）

我們逐漸靠近。我不知道我們臉上是流著淚
還是帶著笑。再走一步
我們就可以一起聆聽你貝殼裡的音樂，
那裡有幾千個交響樂團的濤聲，
還有我們的結婚進行曲。
——辛波絲卡〈鹽〉

在這之前，只在冬至傍晚醒來、在夏至過午便就寢。我不再對日夜交替、四季更迭感到期待或失落，即便「日出東南隅，照我秦氏樓。秦氏有好女，自名為羅敷」，年紀早已讓我對邱比特的金箭、銀箭免疫，失去了愛人的力氣，獲得頻夢和自言自語的能力。清醒的時候，翻翻雲端空間儲存的照片、看看唸書時期讀書的筆記，就好像回到最初的起點，記憶中你青澀的臉，同案共硯的朗朗讀書聲，聲聲入耳。飢餓的時候，就啃食些零碎記憶填飽肚子；疲倦的時候，便闔上眼跟你說些心裡話，不必在深夜睡不著，邀你在月光灑下的窗邊，那些屬於我們倆的星光舞臺。只消我閉上眼，你就來到我面前。應該算是暮春的三月夜，下起了不合時宜的疾雨，夾帶著時序錯亂的寒流，路燈也被這冷雨嚇得直發抖閃爍，我卻揣想著若今晚是最後一天，那該有多好。

剛剛雨急，打掉幾片老葉，在空中翻飛而下，非常優美，在樹的宇宙裡，離別也必須用優雅的姿勢。

——簡媜《我為你灑下月光》〈幽靈花〉

作者小傳

周寅彰，半途出家、不務正業的學生，在中文系裡翻滾掙扎，尋求自己應當歸屬的定位。喜歡閱讀、口才極差。

此中有人

陳柏方、洪迎嘉

〈秦風・蒹葭〉

蒹葭蒼蒼，白露為霜。所謂伊人，在水一方。
遡洄從之，道阻且長。遡游從之，宛在水中央。
蒹葭萋萋，白露未晞。所謂伊人，在水之湄。
遡洄從之，道阻且躋。遡游從之，宛在水中坻。
蒹葭采采，白露未已。所謂伊人，在水之涘。
遡洄從之，道阻且右。遡游從之，宛在水中沚

這〈蒹葭〉朗朗上口，疊章複沓三次。而一般人對它的熟悉程度也是因為它是國高中課本選讀的課文之一。鏡頭的轉換帶動我們的視角也跟著移動，是《詩經》常用的複沓章法，於是唸起來有律動感，同時「伊人」的真面目也成為一個大家想

要知道的課題。

心心念念、心心念念，因為很重要所以要說三次，也因為很重要，所以我想在這之中尋人過程也不只尋了三回。「蒹葭」就是生長在水邊的芒草，拖著長白的穗在風中搖曳，再蒙上一層白霧，視線更加模糊。這蒹葭是尋不著人憂白的髮？是那霧因心焦而蒙上的淚？

所以說那「伊人」呢？是不是就如同舊注所說的，有能之士所嚮往的賢君啊？日思夜想，在一片白霧中也想找到的，在水流中逆行顧不得褲管，激流弄濕全身。眼前所盯著的還是那個在不近也不遠處的人。仔細想想那個人具有魅力，讓人想一睹面容，但那種是隱藏在白霧中的臉孔，卻好像可以看到嘴角啜著一絲得意的笑，而跟著癡心的主角追尋的我們就像是被戲弄一般。

保持這樣可進不可得的距離，就是完美的圈套。從遠方安全位置看著焦心尋找自己的人，似乎是一種樂趣，卻過於惡趣味。但說到底，人性不就是得不到就更想得到嗎？一個願打一個願挨。如果那佳人不是君主，就是心上人。這或許就是一場欲擒故縱的戲碼，從《詩經》時代女子的心思就這樣百般纏繞，直叫你看不懂。但不就是希望能抓住這執著看著自己的雙眼嗎？

於是一場在溪流裡的戀愛追逐遊戲上演。規則從不是抓到人為止，而是直到被

抓的那個人心滿意足為止。（陳柏方）

老天啊，如果可以，拜託賜與我一句話的時間。

即使不是跪在佛前或是在教堂裡頭，她依舊無時無刻的遞出請求，祈求神佛能賜與她，只屬於她的奇蹟。

可惜這奇蹟從來也沒發生。

她只好癡癡的凝望前方女神那頭秀髮，並不是烏黑油亮作為賣點，而是鬈曲又帶點淺淺的紅褐色，即使坐在距離三排的位置後，她彷彿依然能聞到，女神獨有的，混著有點花兒的清甜加上最特別的桃子味，帶著點微酸的果香，永遠不膩的那種。

「嘿！麗，下午一起去書局嗎。」

女神輕啟朱唇，好呀兩個字來到了她的耳中，好呀好呀好呀，不斷在她腦子裡重複播放，這時女神的臉就在她眼前，拋給她一次值十二萬卻不用錢的笑臉，啊……夢裡真好。

只要這樣就好，即使只能看著女神的背影，要說為什麼沒辦法離女神太近，一切都是老天給她的懲罰，一旦與女神的距離縮短，她就會因為禁不住狂喜，鼻血會成噴泉般噴湧而出。

唉！這就是戀愛呀，她可不能讓自己骯髒的血液汙了女神的高潔身軀，連一小片衣服也不行。

就這樣，下課鐘響，她依舊眼睜睜的看著女神離她而去嘛！何止一次兩次，她對女神的愛，已經在明天就準備邁入第三年，並不是為了讚揚自己的愛有多偉大，而是女神、女神她……有著無窮無盡的魅力，使得她將永遠沉醉其中。

即使一生只能愛上一個人也無所謂，她可以用一輩子的戀愛，換取與女神的相遇，畢竟遇上了女神，她也沒有必要再愛上任何人。

周圍的人都無法理解，為什麼她會對女神如此癡迷，對於其他人而言，女神只是一位清秀女孩，是很好看，但女神不化妝，穿著也是舒爽清雅的春天系打扮，滿是自然生成的美。

的確，女神的外表不是最讓人驚艷的，當然女神如水流般的清澈嗓音足以擄獲人心，不過她會愛上女神，僅僅因為一個簡單的原因：女神就是女神，毫無理由的，從第一眼見到她開始，不沾染任何汙垢的微笑，已經深深的、牢牢的將她的心，塑成了女神的模樣。

不只是名為性別的高牆，還有女神與凡人的遙遠距離，以及那該死的鼻血體質，她也只能遙望著她。

趁著女神離開教室，她連書包都來不及收，趕緊跑到女神方才坐著的位置上，坐著趴著，感受女神殘存的溫度，彷彿她正與女神親密的接觸。

「啊……」滿足的輕吟，她的臉摩娑著桌面，享受與女神的間接觸碰，為什麼呢？上天對她如此公道，賜與她身在女神所處的相同世界。

下節課的鐘已經敲響，但是她依舊戀戀不捨，三秒鐘後，彷彿見到了幻象，她看到了，女神正出現在教室裡頭，不不！本來說要去書局的女神竟然出現了，這絕對是幻象。

她起身，小心翼翼的離開座位，正想裝作有急事離開，因為鼻腔深處的血液已經開始躁動，一個不好，就要、就要出來了——啊！

「同學，請問你有看到我的傘嗎？」

隨手指了旁邊，聽到女神輕聲的謝謝，她輕快的踏出教室，整個人飄飄然，就算外頭下著雨、腳踩進水坑，最後又不小心跌到湖裡也無所謂了。

緩緩沉入水中的她閉上眼睛，冰涼的水鎮靜了她發昏的腦袋，是的，她很清醒，就要抱著與女神唯一的回憶就此安眠，就在那兒，女神正笑著迎接她。（洪迎嘉）

〈小雅．蓼莪〉

蓼蓼者莪，匪莪伊蒿。哀哀父母，生我劬勞。
蓼蓼者莪，匪莪伊蔚。哀哀父母，生我勞瘁。
瓶之罄矣，維罍之恥。鮮民之生，不如死之久矣。
無父何怙，無母何恃。出則銜恤，入則靡至。
父兮生我，母兮鞠我。拊我畜我，長我育我。
顧我復我，出入腹我。欲報之德，昊天罔極。
南山烈烈，飄風發發。民莫不穀，我獨何害。
南山律律，飄風弗弗。民莫不穀，我獨不卒。

有些時候，就是自然而然，就這麼發生了。

並不只是生育等傳宗接代的目的，更大的考驗肯定還在之後，拊、畜、長、育、顧……這之中承受了多少辛勞，特別又是這些排比而生的句子，層層疊疊的唸下來，情感更加強烈，特別是一口氣唸完，或許腦中會同時閃過那一幕幕成長的點滴，更加體現出無微不至的照顧與關愛。

前兩章提到的是：「蓼蓼者莪，匪莪伊蒿。哀哀父母，生我劬勞。蓼蓼者莪，匪莪伊蔚。哀哀父母，生我勞瘁。」哀嘆的是無法達到父母的期待，其實我認為，作者忘了，父母希望的不會是多麼高的標準，不一定要長成大樹，父母更希望的或許是活得健康堅強的小草，因此不必特地為了自己的不成材感到愧對於父母，父母傳授給我們，該是怎麼活得健康、活得快樂，活出自我，成材不成材那事就對自己負責吧。

雖然是這麼說的：「欲報之德，昊天罔極」意即怎樣都不夠了，不過我想，父母在付出時是沒想那麼多的，只想著該怎麼給孩子最好的，怎樣給孩子最安全的守護，由此想，對於父母的「孝」也該重新被定義一下，並不是為了孝而孝，單純只是一種出於本心的自然行動，因此也不該計較到底是否付出的是對等的回報。

中間已經提到過一次「瓶之罄矣，維罍之恥」的感慨，最後停在了：「民莫不穀，我獨不卒」的悔恨上，或許能想像，這就是這首詩作者的遺憾，也是到現在許多人也有的傷痛，在見到別人的父母，不論是年輕的一家出遊、或者頭髮花白的年長老人，總是憶起了，已經到了天邊的至親，為何當初不懂得珍惜呢？為何老天偏偏要這麼折磨我呢！（洪迎嘉）

揮落一路自額頭蜿蜒至下巴的汗珠，頭戴斗笠的婦人繼續彎腰進行手邊的農作。雜草「噗！」一聲連土帶根被拔起，拍掉草根上的土，往旁一丟。旁邊那由雜草構成的草堆面積擴大，已經能讓一個成人仰躺在上了。

今天風和日麗，微風只是幾許。合宜農耕的日子，婦人仰頭望向天空。再次抬手擦過頰上的汗水，面頰紅潤，心想：「在日正當頭之前，將這田的草都拔除。能在中午前炊飯給孩子們吃。」

半個時辰過去，農婦終於挺起她長時間彎著的腰。在田裡左右張望，最後走到田的對角採了一些蔬菜。緩行回到自家厝裡。

回到厝內，將剛摘的菜把放在桌上，開始解下身軀上的農耕衣裝。拿下斗笠，才見到農婦的臉，被日頭曬得有些黑膚，眼睛大而亮，鼻頭上還沁著一些細汗。頭髮有著不仔細看就不得見的灰白髮。

外表看來也不過三十出頭歲，可推測那星白的頭髮大概是操勞的象徵。

將蛻下的衣物掛在未上漆水泥壁上的掛鉤，未見片刻喘息，就拿起桌上的菜走到廚房裡開始炊飯。

飯菜燒到一半，外頭就有玩鬧喧嘩聲逐漸拉近，農婦向外頭一探。幾個孩子蹦蹦跳跳的魚貫進來。一進門聞到味道就對著廚房的方向大喊：

「阿母，阮上課回來了。」

農婦擦擦手從廚房走出來，從最大的頭頂摸到最小的。最後開口：「飯等咧就好啊，阿子恁先帶細漢的去洗手。」

說完囝仔又從門口嬉鬧的衝出去。

把剛燒好的菜一盤盤端到桌上，囝仔回來坐在椅子上，一桌五口剛好坐滿。剛剛還鬧的，現在坐下來才災夭。每個動箸子都快的。

「慢慢啊食，麥噎到。」

「阿母，甘謝妳炊飯給我們吃！」

「乖，緊食喔。」

阿母將手放在最大的囝仔頭上，欣慰的笑。

她突然想到這囝仔的老師跟她說的話，說阿子在學校的成績很好，都是班上頭幾名，如果可以一直唸上去，甚至到外地去讀書。

她聽完當下沉下臉，說她會再考慮看看。

老師是怕耽誤阿子的前途，叫她多想想看。如果囝仔讀冊有前途，就不要硬把他留在厝裡。

想完她對著阿子問；「阿子，阿母問恁。恁想到外地去讀冊？」

阿子停下手，抬頭看著他阿母。最後笑著說：「想。」

她也對阿子笑。

晚上，農婦一個人坐在房裡。被日頭曬的有些枯黃的髮披在臉龐。她眼神很空洞的看著牆上的獎狀。

最後走到一張相片之前，相片裡有一位跟農婦長得有幾分相像，看起來卻更加蒼老的婦人，而旁邊較為年輕的女子才是以前的農婦。

相片裡年輕的農婦作黑袍學士帽的打扮，開心的挽著相片裡另一位婦人。

農婦盯著，喃喃的對照片開口：「阿母，以前我讀到研究所，在外面久久沒有回來。留你一個人在鄉下，等你過世才知道來不及了。現在我後悔了，我回來鄉下，阿子像我一樣聰明會讀書，如果他也去外地讀書，他會不會以後像我一樣後悔啊，阿母？」（陳柏方）

〈召南・行露〉

厭浥行露，豈不夙夜，謂行多露。

誰謂雀無角？何以穿我屋？誰謂女無家？何以速我獄？

雖速我獄，室家不足！

誰謂鼠無牙？何以穿我墉？誰謂女無家？何以速我訟？

不管怎樣，我不講大聲點就輸了！以上是我看到這首詩的第一印象，面對無理之人的豪取強奪，如果一聲不吭、低聲下氣，都會遭人欺壓得更加過分，憑什麼就要我當軟柿子，該被捏爛的應該是你啊惡人！

這首詩，開始是令人陰鬱的景色以及空氣，濕氣沉重得讓人窒息，接著女子率先發話，一連串的問句炸在眼前，強力的質問羅列出來，以害鳥比喻無恥之徒，將對方不屑的踩在地面，捍衛自身的權利。「雖速我獄，室家不足」已經做好了最壞的打算，但是絕不妥協，最末段承續前前段的句式，只將害鳥改為老鼠，又將屋子改為牆，兩者的性質類似，多說一次無非是再次強調，或許這會是最後的警告，雖然看不出女子到底是哪方面受到逼迫，可能是強娶？婚姻？或者是訴訟？不管如何，女子的堅強始終建立於無愧的本心，對自己、對世間坦承，理不直何以氣壯？更何況，是為了捍衛自己的家園，也就是最後一道安全隱私的防線，絕不會讓你破壞。（洪迎嘉）

「喂！拿去。」好好地坐在座位上，突然一叢東西丟在我眼前。定睛一看，是一束綁得歪斜的花，那花我是熟悉的很，是我家門前花圃裡我種的三色菫跟鳳仙花，還有那老爸寶貝如命的稀有山茶花。看我辛辛苦苦照料的花被折騰成這樣，我就覺得惱火。

看向這來者不善的聲音來源，原來是隔壁街的孩子王——王致捷。

「王致捷，又幹嘛？這次為什麼要採我種的花！」說也奇怪，就自從上次我開心哼著歌澆著花時突然跟這個傢伙對上眼那刻，這傢伙就三不五時出現在我眼前，有時還找我麻煩。我都盡量視而不見，姑息的結果是這傢伙像現在這樣變本加厲，把我心愛的花摘了，還丟到我面前來了。

花都沒了生氣。我決定不要再沉默了，要跟壞人對抗到底！我拍桌而起。

「許家馨，跟我結婚吧。」王致捷好像有點害羞的撇開視線不看我，不不不，一定是我看錯了，等等，他說了什麼？

我沉默了兩秒，結婚？那傢伙說結婚？

「什麼鬼？」一時脫口而出。

有沒有搞錯？現在丟束花就想跟別人結婚，是當別人腦子都進水了啊？先不說我們還是國中生的問題，這傢伙之前一直找我麻煩，難道是我會錯意？不過我倒覺得是某人表達方式有問題，誰會三不五時出現然後瞪著喜歡的人啊！

我傷腦筋了，現在我只感覺到麻煩。更麻煩的是小孩們的起鬨能力，剛剛他那音量足以傳遍家裡，在一旁一起玩耍的孩子們都一副看好戲的樣子。

沒錯就是家裡，因為奶奶生日，所以親戚都聚集到家裡來。而這個王致捷就是我表哥來著。

「這是結婚的證明，我給你了，你要跟我結婚。」王致捷強硬的說。我發現腦子進水的人是他才對。什麼結婚的證明？那是我種的花啊！頭殼撞了是不是？

「我不要。」我直截了當的說，忽視其他人喊著不懂事的孩子們「嫁給他的」碎語，誰要跟腦子有洞的小流氓結婚啊！

「不行，你現在跟我走。」說著說著，王致捷就拉著我手臂，力道有點大。

「喂，我說不要！你要去哪？」我的天，這還真的遇到流氓，不聽人話就逼婚的。

「找奶奶還有其他大人當公證人結婚。」他頭也不回的拋下這句話，也虧他有點智商知道結婚需要證人的，不過我不願意啊。

不過我轉念一想，離開這個是非之地，一大堆人起鬨的地方也不錯。至少大人們我相信會阻止這場荒唐事的。

於是便呈現放棄狀，任憑他拖我到客廳去。

原本開心聊著天，我一副喪志的模樣而王致捷那驕傲姿態，大人們就把目光轉向我們。

王致捷的媽媽走向我們問：「怎麼了致捷？你怎麼扯著馨馨呢？你欺負人家啊？」

王致捷那小流氓也不理會自己母親的詢問，直接走到這裡地位最位高權重的人——奶奶面前。」

王致捷一副說很重要事的臉對著奶奶：「奶奶。」

奶奶也認真地看著他：「嗯？」

「我要跟家馨結婚。」

眾人沉默了數秒。

直到一陣笑聲來自大伯打破沉默，大家也紛紛笑起來，而奶奶也啜著一抹微看著我們。

「媽這不是挺好的嗎？親上加親啊！」大伯非常沒有良心的笑著說。

「大哥，小孩說的話還當真啊？」小阿姨還是比較良心的，不過是邊笑邊說。

「不過我看致捷感覺挺認真的。」平常沉默是金的小叔也說話了。

「問媽啊？媽決定。」不！聽到自己家娘親說這邊話，我也是心碎了。

了。

真當我是潑出去的水嗎？

不，我相信智慧如奶奶一定不會像這群幼稚的大人一樣。

大家的目光都投向奶奶，尤其是那個王致捷眼睛緊緊的瞅著，都像是在瞪人

「致捷，你會對馨馨好才可以。」奶奶嚴肅的說。

「這當然。」王致捷認真回答。

什麼東西？我的天啊！

大家為什麼要那麼嚴肅看待這件荒唐事，原來只剩我的腦子可用了嗎？

果然只能靠自己了，堅信自己才能掌握自己的命運。

「王致捷，你跟我出來。」於是換我拖著王致捷的手向外走。

只有自己能救自己了，我對自己這麼說。

而他也乖順的讓我拉著他的手往外，我決定完全忽視客廳裡大人的幸災樂禍。

一路走到前院曬花生的地方，我停下來轉過來面對王致捷認真地看著他。

「王致捷，你是我表哥，我們不能結婚的。」

「我管他的。」毫不在乎的臉說著違反法律的話，我扶額。

正面的來不行，那就反面來吧。

「好，我可以跟你結婚。」我看到他的眼神都在發光了。
「但是！要等我們都長大後。」我提出了條件。
「長大是什麼時候。」王致捷直接的問。
「嗯……就二十五歲吧，那時候如果你還喜歡我，我們就結婚。」我硬著頭皮，想了一個好像很久以後的未來。
「好，我等。到時候我們就結婚吧。」
對我來說才結束一場鬧劇。

——十五來年後——

這次親戚又久違且隆重的聚集到奶奶家，大家都盛裝出席。家裡張燈結綵，大大的囍字貼得到處都是，很是喜氣。
我走進一間小房間，穿著西裝領帶的王致捷跟其他大人正在聊著天。
「新娘來囉！」大伯看著走進來的我說。
「哪這麼大的福氣，大伯別亂說，我怕未來的大嫂生氣。」我一邊回話一邊拉著一旁的椅子，坐近他們。

「剛好聊到以前就有這麼一件事呢，說妳妳就到。」姑姑開心的笑著。

「小時候的童言童語，就別一直拿出來笑話。」王致捷搔搔頭，有點不知所措。

「話怎麼這麼說，怎麼不問問馨馨？你跟人家求婚，結果今天就要娶別人了。」姑姑看著他說。

「小時候不懂事，不會當真吧，對吧？馨馨。」王致捷轉過來看我。

表演魂上身的我，馬上拿出隨身的小手帕擦著眼角，擺出可憐小怨婦的臉，帶著一點哭腔說：「是啊，讓我傷心好幾天啊！明明說好長大就要娶我的。」

大家都大笑起來，只有王致捷一臉窘樣。

「好啦，開玩笑的。表哥祝福你，結婚快樂。」

「謝謝妳。」王致捷終於鬆懈表情笑了出來。

「要好好照顧未來大嫂喔。」我叮嚀。

「嗯，我知道。」他的表情很堅定，就像過去對我說的時候一樣。

「好了好了，婚禮準備了。其他人都到外面去坐著吧。」

依言我也起身走出去，在走出去前我回頭對王致捷說。

「對了表哥，跟大嫂說一下，等下捧花往我這丟啊，我也想快點嫁人了。」

「我不要，妳可是我寶貝妹妹。哪那麼容易就讓妳嫁人。」他笑著對我說。我對他做了個鬼臉：「小氣鬼！」於是就瀟灑地走出去。

婚禮很順利，新人很登對。而我也打從心底為他們感到開心。

表哥，要幸福喔。（陳柏方）

作者小傳

陳柏方，東海中文系快畢業的學生，喜歡抒情的文學、運動、旅遊，持續但不規則規律的書寫中。

洪迎嘉，東海中文系三年級學生，寫作中常常暴走，喜歡跟作者對罵對嗆，還有一起哭。

無盡的等待

吳竹軒

〈秦風・蒹葭〉

蒹葭蒼蒼，白露為霜。所謂伊人，在水一方。
遡洄從之，道阻且長。遡游從之，宛在水中央。
蒹葭萋萋，白露未晞。所謂伊人，在水之湄。
遡洄從之，道阻且躋。遡游從之，宛在水中坻。
蒹葭采采，白露未已。所謂伊人，在水之涘。
遡洄從之，道阻且右。遡游從之，宛在水中沚。

此際，妳自《詩經》的一隅緩緩走來，身上帶著杉木的清香和水仙的芬芳，歲月的霜雪飄落於妳的髮梢，積累的睿智與溫柔醇厚醉人，溫文儒雅的莞爾一笑，若有風起、落英翩翩，在詩篇上寫下絕美的一頁。剎那間，我彷彿分不清是東海的景緻因妳而美；還是東海的景緻本身就絕美得令人屏息？我本以為此生不會再有這般純潔無垢的情感，不會再有這般心悸的情動，我小心翼翼珍惜這份得來不易的緣分、珍惜與妳相聚的每一個時刻。因為我知曉，正如流水自有它的流向、萬物終有它的歸期，愛情一樣也有它的花季，縱然只璀璨如煙花一瞬，也要尋得那永恆的片刻銘刻於心間的扉頁。

我曾聽說有一種櫻花酒，是將一朵嫵媚盛開的櫻花置於凜冽如清水的酒中，如此美麗將霎時凍結，瓶中的櫻花將永遠嬌豔如昔，美好的時光將永不逝去。然而，年年歲歲花相似，歲歲年年人不同，當繁花落盡，枝頭的鳳凰展翅飛去，我已不在這裡。我能做的，只有遙遙相望、默默守護那枝頭的韶華，且行且珍惜。

但，世事多舛，就連這樣謙卑的願望卻也飽經波折，我以為待在守望者的位置，享受那單純的喜歡與曖昧的交流，就可以避免重蹈覆轍，就可以避開愛情世界裡的爭奪和傷害。豈料當有人同樣以仰慕的眼光，與我望向同一個方向，昔日的陰霾就悄悄爬上了我的心頭。

這一次好不容易重新悸動的、恢復情感的心，又要再次墜入那無底的黑暗裡嗎？我沒有答案，懷揣著不安的情緒，不斷累積，終於在妳對他一句無心的、狀似親暱的玩笑話，我的理智如長期緊繃的琴弦般頃刻斷線，我像是一個孩子般對妳崩潰哭喊，心宛如撕裂一般在妳我之間劃下一道巨大的傷痕。妳就此投入情敵的懷抱，迎來了一切悲劇起始的決裂點，無可逆轉的，背叛與分離之初。

北方的鬼雨來了，那是我徹夜號啕的靈魂暗夜。我開始分不清溪水與路面的交界、夢魘與現實的邊際，只能淚流滿面任由悲傷蔓延、寒徹心扉。已經很久沒有想起那段被黑暗吞蝕的日子，猶如烈火焚身般，在最深沉的黑暗底部嘶吼吶喊卻沒人聽見，在淚流不止的深夜裡被烈火燒成灰燼，所流的淚匯聚成一條長河，我成了虛無靈魂的浮木，流乾了淚，用盡此生此世最後的力量，心靈也早已枯竭，然後被黑夜深深地掩埋，習慣了在人前戴上微笑的面具，掩飾我內心的脆弱與憂傷，肉身卻早已成了一具空殼。

我被判褫奪「戀人」之名的極刑，淪為什麼也不是的曖昧曾經，妳對我的喜歡，猶如曇花一現，徒留遺憾；我對妳的喜歡，卻如桂花釀酒，越顯芬芳。我只是很難過，回不去過去那一段我們單純喜歡彼此的美好時光。

如今，我對妳僅剩的回憶終於燒成了灰燼，心中的愛也早已荒蕪凋零，我開始忘記如何愛妳，卻不知道要怎樣才能不恨妳？我要怎樣才能在一片無愛的荒蕪絕境中，還能保持善待一個人的良善與溫柔？我要怎樣在一片漫無邊際的恨意荊棘中，守護最後一塊溫柔的純白蒹葭？

猶如千百年前，那名癡情的男子逆流而上來至忘川的河畔，尋覓他的所愛，一路險阻重重、水路遙遠，而最終我在尋妳的路上，淹沒在一片流言蜚語的蔓蕪險阻之中，在浩浩蕩蕩的忘川裡，望著妳與他上演著彷彿是因為憐憫著我的癡心情傷，才讓你們相愛得難分難捨、若即若離、有情人未知能否終成眷屬的淒美愛情。千百年前那個癡情的男子尋覓過程雖苦，卻甘之如飴，而我滿懷的憂傷委屈與悲憤鬱結又要向誰訴說？

知我者，謂我心憂；不知我者，謂我何求。悠悠蒼天，此何人哉？

了解我的人，知道我內心的悲愁憂苦，只是在透過對往日情懷的書寫獲得一種安慰及宣洩；不了解我的人，還以為我別有所求，只能任由漫天的流言與誤解淹沒了我。蒼天啊！你是否知道我內心的委屈與悲痛，究竟是何人造成的呢？我又要怎樣才能面對內心無垠的荒蕪恨意？是否只能任由我飲盡了忘川的河水，迎來最終的遺忘，方得解脫？

蒼天無語，我只能在毀辱與悲憤的汪洋中載浮載沉，在清醒與恨意的痛楚中漫漫前行。

作者小傳

吳竹軒，東海大學中文系、南華大學文學所畢業，目前就讀東海大學教研所。我的生命歷程總是與寫作緊密相依，縱然偶有因忙碌而停輟筆耕的時刻，但內心總忘不了那份執筆訴說的情衷，期盼能在溫柔的書寫中，守護心中最後一塊純白的蒹葭。

我們一定要活著回去

趙詠寬

豈曰無衣？與子同澤。王于興師，脩我矛戟，與子偕作！

「兄弟！撐住！撐住！我們不是約好了，要一起活著回臺灣的嗎？」那時，我們彷彿看見天上飄下一片片白雪，寫著一句句：

死生契闊，與子成說。執子之手，與子偕老。

記得國小三年級，有位老師頭型很奇怪，上方腦袋缺一大角，老師們稱他為鐵頭老師。好奇心強的我們，課堂上天真地詢問導師，鐵頭老師的頭是怎麼回事？車禍嗎？還是走樓梯跌倒啦？要不然腦袋瓜怎麼凹一塊？

「是砲彈！」導師悠悠說著。

「什麼？為什麼是砲彈啊？」同學好奇討論著。

七年零班的我，歷經過戒嚴時期（註一），即使解嚴後，仍有段「莊嚴肅穆」的日子。還記得教室牆上仍貼著「保密防諜，人人有責」、「反共抗俄，毋忘在莒」等標語（註二），學校走廊也會展示戰艦、戰機等照片。當時我非常喜歡看戰機的照片，覺得好帥、好猛，坐在上面一定很威風。

「那時我們都坐在小飛機上，往返臺灣、金門。即使腳下經過我住的家，也不能下飛機。」導師先從自己的故事說起。

陟彼岵兮，瞻望父兮。
父曰：「嗟！予子行役，夙夜無已。上慎旃哉！猶來無止。」
陟彼屺兮，瞻望母兮。
母曰：「嗟！予季行役，夙夜無寐。上慎旃哉！猶來無棄。」
陟彼岡兮，瞻望兄兮。
兄曰：「嗟！予弟行役，夙夜必偕。上慎旃哉！猶來無死。」

「有一次，不知道是遇到亂流，還是怎樣？飛機搖晃得很厲害，然後窗外的螺旋槳也開始冒煙。當時長官就發白紙給我們，說有什麼話就趕快寫吧！等一下我們要灑出去。」（註三）導師微笑地說。

隨著導師的描繪，我們彷彿進入VR畫面（註四），看見軍機上阿兵哥措手不及地書寫。有的剛畢業，有的剛結婚，有的剛為人父……天空滿是飛舞的雪花，雪花緩緩地落在街巷、落在瓦縫、落在手中……

「爹！娘！孩兒不孝，不能奉養您了。」

「麗滿，你要幸福。來世再相見！」

「阿好，抱歉，孩子給你照顧，好好保重！」

這時同學有的靜默不語，有的癟嘴皺眉，有的眼眶泛紅，不過導師仍神態自若地說著。可能是時間沖淡恐懼，抑或下個事件更為驚駭。對了，後來導師坐的軍機平安降落，有驚無險！

註一　臺灣戒嚴時期為民國三十八年五月二十日至民國七十六年七月十五日，達三十八年之久。

註二　民國八十年，距解嚴未遠，又學區有多處眷村，故反共色彩仍為濃厚。

註三　當時軍機構造不似現今穩固，若發生機體故障難有補救機會，機上人員生還率極低。故在重大故障發生時發下白紙，寫下遺言，並拋出機外，希望讓民眾看見他們最後的願望。

註四　VR，為virtual reality的縮寫，即虛擬實境之意，可讓使用者看見並感受虛擬的三維空間。

哀我人斯，亦孔之將！

「後來我跟鐵頭老師在金門相遇，同個部隊。那時金門是軍事重地，管理非常嚴格，生活機能也不是很方便。不過我們私下會互相打氣，約好要活著回去！只要活著！就能跟家人團聚！只要活著，就有美好的未來！只要活著！就能看到沒有戰爭的那一天！」這時，導師的語氣產生起伏。

憂心烈烈，載飢載渴。我戍未定，靡使歸聘……

民國四十七年，八月二十三日，解放軍攻擊金門，金門的國軍亦展開反擊。雙方皆出動戰機、艦艇廝殺。金門的天空被一道道焰火吞噬，吞噬了烈嶼，吞噬了料羅灣，吞噬了尚義機場，吞噬了……

「好幾個兄弟被砲彈擊中，就這樣在我面前炸掉了……」

「鐵頭老師比較幸運，只有頭蓋骨被炸掉……」

「當時我們趕緊扶他躲進坑道，閃避攻擊。可是鐵頭越來越微弱……」

「兄弟！撐住！撐住！我們不是約好，要一起活著回臺灣嗎？」

「還好，鐵頭是救回來了，只是頭骨沒了……」

只記得這對三年級的我們來說好沉重，全班猶如凍在那時空走不出來……

「不過也因為這樣子，鐵頭的頭改成鐵做的，沒有人的頭比他更堅固！從此他就被叫鐵頭啦！」導師又恢復爽朗的笑容，暫時的早熟回到十歲的天真。

哀我人斯，亦孔之嘉！

導師與鐵頭老師在砲戰結束後回到臺灣，並任教職。還記得班導曾自豪地秀他的結婚照、全家照呢！想必二位老師早已退休，或許在含飴弄孫，或是環遊世界，當時在金門期許的美好未來算是實現了吧！

從《詩經》時代至二十一世紀，科技的發展突破前人想像，然心靈的提升並無超越前人。只要人類沒有學會共生共榮的一天，這些可歌可泣的戰士就沒有消失的一天！

哀我人斯，亦孔之休！

作者小傳

趙詠寬，彰師國文所博士班畢業，正周遊列國。思考國文教學目標為何？讓學生一輩子受用的國文為何？摸索答案中。

安貧樂道，甘作浮生客

〈陳風．衡門〉

朱苟博

攀龍附鳳者眾，淡泊富貴者寡；試問又有多少人懂得反璞歸真，享受安貧樂道之下的淡然？

自小家貧的我，基於家庭環境有限，所以從小養成了一個習慣：對於生活的物質基本上不甚追求，手上東西只要一天不壞就會繼續使用，直到它們油盡燈枯為止。一件衣服或者褲子，隨隨便便一穿就是四、五年；皮帶、錢包這些更耐用，用在手裡一眨眼就六、七年過去了。陪伴在我身旁最長時光，也是我的最愛——就是那個粉藍色，長長深深的，而且非常耐用的橢圓形鉛筆盒；還是小學生的時候已經用到現在也成大學生了，好比知己一般。你以為它只是放著一堆雜七雜八的文具嗎？不！裡頭裝載了多少光陰、多少感情、多少回憶？這是千金都難以買回的無價之物。

很多人都暗罵我、嘲諷我、譏笑我：說我是個完全不懂時下潮流時尚的古代人，衫褲襪鞋沒有一件體面的，寒寒酸酸活像一個老頭似的。我的反應？一笑置之。

時下人往往對於這些外在的身外物非常著重，所謂人靠衣裝，佛靠金裝；把自己弄得像尊佛一樣，然後不斷花錢往自己身上、臉上貼金。值得嗎？我只有四個字：完全不屑。人是為了自己而活，為什麼有血有肉的軀體卻會成了這些根本不外如是的名牌奴隸，甚至出賣自己靈魂？外表只是人的小小裝扮，並不等於人的內涵。假如外表落得美侖美奐，偏偏內在卻無丁點涵養、文化；試問人活在世上還有何意思？一個內外兼備的人若然穿上了漂亮的衣服稍作裝扮，當然是錦上添花；可是單單為了炫耀自己而耗費、耗時打扮的話，管你把龍袍還是孔雀羽毛穿在身上，人家只會把你當笑話看待，庸俗之流。布衣粗食一樣可以安樂生活，平淡更加甘於自在，何須加以鄙視？大魚大肉吃多了，膽固醇、高血壓、心血管毛病排著隊來找你；五穀菜蔬，同樣可以飽腹而且清淡健康，一舉兩得，益壽延年。代步一定要開寶馬、賓士嗎？騎騎單車走走路，一樣可以安步當車，而且順道又能做做運動改善體能，何樂而不為？選老婆一定要明星超模才可以嗎？所謂娶妻求淑婦，只要為你所傾情深愛，能把家務打理得井井有條，煩惱時為你擔憂、悲傷時為你流淚、歡愉時為你歡笑，這就是人人羨煞的賢內助了。

人，不要被外在的物質影響了你的思想與選擇；很多時候價值並不是從外在來判斷，而是你的內在與心靈。命裡有時終須有，命裡無時莫強求；做人但求簡簡單單在世，自然自在清閒。

寧作浮生客，願餐粗茶淡飯；安步楓林晚，更覺寫意歡顏。

〈陳風．衡門〉

衡門之下，可以棲遲。泌之洋洋，可以樂饑。
豈其食魚，必河之魴？豈其取妻，必齊之姜？
豈其食魚，必河之鯉？豈其取妻，必宋之子？

作者小傳

朱荀博，一個學識膚淺的異鄉人，自命喜好詩詞。有空伏案練練字，抑或出外望望好風景。渴求徜徉文海，仰望多少不羈情。

等待的故事

馮睿

「今天的黃昏，妳能在東門城牆下的那棵楊樹下等我嗎？」
他是這樣問妳的。
「我……我有些話，想對妳說。」
他是這樣對妳說的。
妳去等他了嗎？
是的。
但是，他沒有來。

〈陳風．東門之楊〉
東門之楊，其葉牂牂。昏以為期，明星煌煌。
東門之楊，其葉肺肺。昏以為期，明星晢晢。

我的葉子就在黃昏的風中悠悠地飄落下來，姑娘啊，妳能讀懂我樹葉飄落的信息嗎？我要怎麼告訴妳，他清晨的時候隨著軍隊出了城門，遠方的風告訴我他大概不能再回來了，不能再回到這東門的城牆之下，不能再回來妳的身邊，不能再跟妳說那些他想和妳說的話了。

妳還要等他嗎？

黃昏還不到，最高枝丫上的小樹葉就告訴我，妳走過來了，緋色上衣，紫綠下裳，就算在朦朧的光線裡，也是婷婷美好的。妳就是那樣簡單的走過來，在黃昏裡，搖曳生姿的，簡單的走過來，來到這東門之楊下，這裡也許不止我一棵是楊樹，可是妳的到來，賦予我意義。我本會是一棵見證愛情的樹吧？也許他會在我的枝葉下對妳表明愛意、訴衷腸，請妳等他打完仗回來，請妳等待他，請妳嫁給他。然後，也許你們會在我的樹幹上刻下你們的名字，會請我做這段姻緣的見證人，然後我在樹葉上寫下你們的故事，讓秋風把它帶去天地之間。

可是，我的姑娘啊，他再不能來了呀。

妳還要等他嗎？

黃昏已經來臨，我看見妳的神情從緊張，到期待，我看見妳的雙頰染上微微的紅暈，妳是多麼期待他的到來啊，我的姑娘。妳的心裡竊竊地想，他為什麼要約我？他要對我說什麼話？他……我……我是願意來這裡，這楊樹下等他的。我……我想要知道他要對我說些什麼。妳的心裡是這樣想的嗎，我的姑娘？妳借著我的樹幹羞赧地想要隱匿自己的身形，不想要來來往往的人發現妳，妳突然有點後悔，一個女孩子，這樣站在這裡，別人一定是在猜她是在等待情郎吧！可是，可是妳還不知道他是不是那個情郎，是嗎？還沒有弄清楚他的心意就這樣冒冒失失地跑來，在這裡傻傻地等，這實在太……太害羞了。可是妳的心裡又似乎有一些確定了，確定他就是那個人。

可是，我的姑娘啊，他再不能見到妳了呀。

妳還要等他嗎？

陽光落下去了，落下去了，紫色的餘光將我的枝葉映成黑色，還沒有月亮來照亮我的頂梢，妳還在等待著，我的姑娘。秀麗的眉微微皺了起來，眼睛裡似乎有焦急，有失望，有落寞，有難過。約定以黃昏為期，他卻為何沒有來呢？是不是出了什麼事？妳憂心。是不是在耍弄自己？妳難過。是不是他改變了心意？妳害怕。妳的手，撫摸著我的枝幹，撕碎我的葉子，妳在說服自己，那天邊最後一點餘光，還在楊樹的樹葉上，他也許並沒有失約，正在趕來的路上。來自夜晚的風將我的樹葉吹得沙沙響，將我的枝丫搖晃，我正在試圖告訴妳，我的姑娘，他來不了了，來不了了！

我的姑娘，回家去吧。今夜的風太冷，月亮也懈怠了，妳在這是等不到他的。妳還要等待嗎？還要等待嗎？我的姑娘？

結果妳還是等了，天空的星盤轉了起來，這個季節正是獵戶座的主星最亮的時候，妳的面上流下的淚水已經被風收下了，在一片星光之下，妳似乎已經明白了，他不會再來。可是妳卻還是等待著，像是要給自己一個交代。

我的姑娘啊，抬頭看看這漫天的星空，多麼美麗，多麼神秘，忘記妳正在等待吧，享受自然的夜吧。

他啊……他是不會來的呀，我的姑娘。

天要亮了呀，我的姑娘。啟明星已經在天邊亮著，那在晨光之中，走向妳的是妳的家人嗎？我的樹幹沒辦法幫妳抵禦夜晚的清寒，妳一定覺得冷了吧？我看見妳的母親難過的替妳披上衣裳，妳的父親似乎要生氣，卻又心疼妳這樣狼狽的模樣。他們勸妳回家去，喝點熱的羹湯。妳突然賭了氣，還是要固執地等，這時妳的母親哭著告訴妳，昨夜傳來的消息，他已經戰死在他鄉了。

我的姑娘，為何妳卻笑了？

妳笑著說，他只是迷失在那遠方，暫時沒有找到這棵東門之楊。他會回來，在這棵樹下，說著抱歉，把想要對妳說的話，說給妳聽。

他不能回來了呀，我的姑娘。

妳卻還是要等待他嗎？

未來是那麼長。

妳突然抬起頭，看著我。妳聽到我對妳說的話了嗎？我的姑娘。

縱然未來漫長。

「然而值得等待。」妳說著，笑彎了眉眼。

作者小傳

馮睿，喜歡戲曲雜劇，猶愛才子佳人，詩好南朝，詞喜花間，真真不正經的人一個。

一場徒然的等待

〈陳風．東門之楊〉

吳育欣

我們在等待什麼呢？為何願意孤身佇立在時代的洪流裡不停地等待？到底，我們的等待與追求是否有來臨的一天呢？

東門之楊，其葉牂牂。昏以為期，明星煌煌。

東門之楊，其葉肺肺。昏以為期，明星晢晢。

常常覺得，人活著就是一直不斷的等待。從等待出生一直到視死如歸，如果沒有等待，或許人生就沒有所謂「前進的動力」。然，時光洪流仍不改變它的規律繼續向前流著，於是乎，我們口頭上雖說著：「噢！我才沒有在等待什麼呢！」，可是無力爭辯地，卻是我們仍然不斷的老化、邁入死亡。

東門旁的楊樹，開得多麼茂盛。以黃昏作為約期，直等到明星閃爍。

東門旁的楊樹，開得多麼繁茂。以黃昏作為約期，直等到星子閃耀。

究竟這人在等待什麼呢？這首詩並沒有給出一個正確的答案。或許，如〈牡丹亭〉裡的杜麗娘等待重生與渴望已久愛情；或許，如〈悲慘世界〉的尚萬強等待受到來自上帝的救贖；或許，如韓劇〈孤獨又燦爛的鬼怪〉中之鬼怪，等待有人可以拔出自己身上的劍，使自己的靈魂化為無；又或許，如希臘神話故事裡的人們，殷切盼望留在潘朵拉盒子裡的希望。值得讓人可以一等再等，等到天都黑了還不願離去的東西，到底是什麼？

初讀此首詩，如反射性動作一般地將其意境套入了「男女情愛」的主題裡。參考其他資料時，大部分資料也都這麼相信著。認為，陳國乃一介小國，勢力之弱小無法稱霸一方。人們安靜地各過各的，年輕男女若要約會，一般都相約在黃昏時分的楊樹林當中。詩篇中之「其葉牂牂」、「其葉肺肺」，代表著陳國男女的愛情像楊樹一般繁茂而生生不息。詩意指的是：要約會的其中一人早早到來，心急而殷切等待其伴侶能早點出現。而伴隨他等待的那片平靜而閃爍的星空，使等待者的心情得以平復而感到些微酸甜的幸福。

然，再次讀詩時，不如以往所感到的甜蜜，而是感受到前所未有的荒誕感——等不到人就繼續等，從黃昏等到黑夜，等到天荒地老，卻也不知道最後究竟等到沒有。還有，到底此人在等什麼？是什麼人這麼值得一等？這樣一場徒然的等待，最終或許呈現的是一種對於生命的不和諧與失意感。這樣的想像使我腦中突然浮現貝克特的劇本〈等待果陀〉及卡夫卡的小說——〈在法門前〉。在劇本〈等待果陀〉中，果陀到底何許人也，無人知曉。舞臺上的畫面，就是兩個人——艾斯特崗、維拉迪米爾二人，一個失憶、一個不知道自己失憶，兩個人站在原地互相確認彼此的記憶。他們唯一確定的一件事情——他們在等待果陀。在Monthly有一則訪談臺灣知名演員——金士傑的報導，金士傑對於〈等待果陀〉這部戲說道：「此劇真正的命題是——等待果陀的時候，發生了什麼？等待果陀的時候，我們最好做什麼？等待果陀的時候，我們最好別遇見什麼？——等待才重要，若不停推敲果陀果陀是誰，那是被字面的意思騙了。」而在小說〈在法門前〉也是類似的道理。有一位來自農村的人來到法律的門前，懇求守門人讓他進去法律之門內。然不被允許的農人就坐在法的門前等，等到死亡。在他臨終前，「最後，他的視力變差，視線模糊，他不知道究竟是周圍的事物開始變得黑暗了，還是他的眼睛欺騙了他。但是他意識到，現在處於黑暗中，有一束法律之光從門裡止不住地透出來。」到底，等到死也要等的法律之光是什麼呢?是救贖?自由?還是清白?

無論如何,我想,從〈等待果陀〉與〈在法門前〉中可以發現,其實,果陀與法律之光的本質是什麼其實並不是最重要的。重要的是他們在等待的過程與在這過程中他們發生了什麼事情。回頭再看看〈陳風.東門之楊〉,從一開始將它喻成男女情愛的意境,我想,既然詩意沒有很明顯的呈現他在等待什麼,那就不如將它說成是一場人生中徒然的等待吧!此人在等待的,無論其本質是什麼,顯然在此詩篇中已不是最重要的事情。而是,他在等待的那個當下與時分,它所暗暗呈現的心境與無止境延續下去的時間吧!

作者小傳

吳育欣,東海大學中文系三年級學生。城市漫遊者,除了看書,喜歡遊走在都市裡,觀察在光影下不同的人事物變化。

月出、出此情此心

章倩瑤

生離死別，愛別離會苦，情之愈深，苦苦亦深。執苦不能離苦，不如拎著一壺酒，在月下漫遊，淺淺地吟唱出這〈月出〉。

月出皎兮。佼人僚兮。舒窈糾兮。勞心悄兮。
月出皓兮。佼人懰兮。舒憂受兮。勞心慅兮。
月出照兮。佼人燎兮。舒夭紹兮。勞心慘兮。

多麼皎潔的月光，照見你嬌美的臉龐，你嫻雅苗條的倩影，牽動我深情的愁腸！

多麼素淨的月光，照見你嫵媚的臉龐·你嫻雅婀娜的倩影，牽動我紛亂的愁腸！

多麼明朗的月光，照見你亮麗的臉龐，你嫻雅輕盈的倩影，牽動我焦盼的愁腸！

願明月知我意，送我這痴人至那良人身旁，消這相思疾苦，奈何奈何，讀完〈月出〉不禁有此一嘆，或許無這生離死別也難成就那傾城之戀吧！

關於詩的主題，《毛詩序》認為是諷刺陳國統治者「好色」，朱熹《詩集傳》謂「此亦男女相悅而相念之辭」。高亨《詩經今注》認為描繪「陳國統治者，殺害了一位英俊人物」。現在多認為是月下相思的愛情詩。

我更傾向於這是首描繪月下相思的愛情詩，倒不是由史實推論，而是單純讀這一首詩體會到其所欲傳達的情感。古今同此心者亦不在少數，焦竑《焦氏筆乘》說：「〈月出〉見月懷人，能道意中事。」，李白〈長相思〉中「孤燈不明思欲絕，卷帷望月空長嘆。」，又如南朝謝莊的〈月賦〉「美人邁兮音塵闕，隔千里兮共明月」，亦或者是納蘭性德〈虞美人〉中的「淒涼別後兩應同，最是不勝清怨月明中。」情不能自已，但願寄情於月能聊以慰藉吧。

千古高掛於夜空的月，一朝幻滅在人心的情。遠在天邊的月，近在眼前的人，亦可以說是遠在天邊的人，近在眼前的月。就在這樣的衝突和交融中，模糊了時空的界線，月光化作了一座橋樑，使兩顆心得以貼近，得到慰藉，又或者月未曾折射光線，我們也未曾看到過月光，只是動了此心罷了。寄情於月，願借著月的亙古如一來使情的朝夕無常超脫生死，月光雖寒，卻也因此流露出了些許溫暖。月本無情卻似有情，人間悲歡離合之情與月的陰晴圓缺交相輝映，剎那間橫貫了古今千載。

皓潔月光撒滿天地，如淵的情感也模糊了當下，因求不得而苦斷愁腸，情思瀰漫在天人之間，驚鴻一瞥那倩影，相思欲解，勞心悄兮。

望月的人多是多愁善感，情生煩惱亦生，亦有言苦樂參半，自因人心不同而見地不一。真情已生，漫長的歲月和相隔甚遠的空間所帶來的分別猶如油滴落到了火焰之中，綻放了這一首首詩賦，也融化了虛空。月光模糊了眼睛，眼睛也可模糊淚水，淚水卻無從模糊心中佼人的倩影。

月光讓那倩影顯得那麼近，好像恍惚間聽到了那佼人對我訴說著思念，下一個剎那間又隔得那麼遠，幻得幻失間，勞心慅兮。

而那佼人會不會也在天地的另一方獨自長久地徘徊月下，任夜風拂面，夕露霑衣，勞心慘兮。苦在兩心只因情在兩心。愛為苦因，苦為愛果。

倘若此心執著於情，受苦苦之深，到頭來簾捲西風，人比黃花瘦。何苦，既不能增愛之一分，反而損於身心，正所謂兩情若是長久時，又豈在朝朝暮暮，為情而神傷或可襯托情之真摯，但此時此夜再是難為情，也不過是苦苦徒增憂愁，心神不寧者也難以安然處事，與其感傷，不如奮而提升自我，如此帶著過去的苦果來行現在因，從而成就未來無悔的善果，他日若是有緣相見，果生因上，當下的歡喜能夠由精神的充盈延續，歲月的磨練從一種斷隔成為一種不可取代的堅固，如此因緣和合，也算得上修成正果了吧。

又有言「他生莫作有情痴，人間無地著相思。」，「最好不相見，如此便可不相戀。最好不相知，如此便可不相思。」，如此愛至深而至於無情、想去逃避現實、想要去改變過去，顛倒夢想紛繁而至，不過是得自我欺瞞的一時平靜，終究難逃一劫。愛之如斯，雖非平常，卻無以超脫，得其真意，欲求解脫而不行正道，雖活佛轉世的倉央嘉措也深陷這情的泥濘不得自己。如此非是根器不夠，實是心念太重，執念過深。

佛說放下便得自在，回過頭再來看，一笑而過罷了。以為抓緊了，實際上是失去了。而放下，放下的是執念，得到的自在真我，再由此尚可談說得愛的真諦，而非自我逃避或苦苦不止。放下不過二字，對於沈溺之人卻是重若千斤，故難一蹴而就，先明苦之為苦，不再以苦為樂，先自愛並開始認識到人生中其他美好，不再是只有月兒孤懸的夜空，還會有陽光高照的藍天。

三毛《說給自己聽》：「如果有來生，要做一棵樹，站成永恆，沒有悲歡的姿勢。一半在土裡安詳，一半在風裡飛揚，一半灑落陰涼，一半沐浴陽光，非常沈默，非常驕傲，從不依靠，從不尋找。」人們一邊理智地認識到聚散無常，一邊又經由感情去追尋永恆，對這矛盾調和的想法或許就是促使人們一步一步走到未來的動力吧。

愛或許會帶來苦痛，但不該是如此無法帶來成長的痛苦。人情濃郁而月光寡淡，人情短易變暫而月光古今如一。我們生來已陷溺在貪嗔癡愛中，猶如污泥一般，怎能跳得出這般情網。然而聚散浮生，一切色本虛無，朝朝暮暮又如何，終究還是會在纏綿中雙雙粉碎。癡迷其中得到的只有苦，沒有絲毫僥倖。放下，也變成了空華下點綴的淒涼。曾經有位出家師父勸導我，情執不是真愛，再驚天動地的生死相許，最終都將化為一場空，此生無法釋然的愛恨情仇，下一生還會翻轉成同樣的宿命，唯一的救贖，只能是看破，放下，慈悲。是呀，放下心中那些情感和動機吧，你我都是草芥而已，人能淨化自己，制勝自己，才能不辜負疼愛自己的人。

有情卻也有無常，等閒變卻故人心，卻道故人心易變。魚玄機〈春情寄子安〉中「雖恨獨行冬盡日，終期相見月圓時。別君何物堪持贈，淚落晴光一首詩。」這月下虛幻的相聚是劫多過緣吧，那你儂我儂的愛意終敵不過一紙休書，那出家後的相思關懷換不回李憶的回心轉意，她把熾熱的感情、赤誠的心無私地奉獻給李憶，而李憶的冷酷無情，讓她陷入了無邊的愁苦，無望的思念是殘酷的，她在隱痛中感受著生命的殘忍，在煉獄中接受情感的煎熬。如此相思當斷不斷，而致後來沈淪，終成悲劇。愛情太短，嘆息太長。可憐了那如花美眷，可惜了那滿腹才華。出家讀了那道經卻脫不了紅塵，於這情之一字，唯有自度吧！

不要依賴於愛情，因為愛有情，即是愛自己。至善者何用染愛，一切都是自心的緣影，並非真實。望找到理智與情感的平衡點，以智慧離苦得樂，願與諸君以此共勉。

作者小傳

章倩瑤，東海大學中文系三年級學生。不合格的佛弟子，愛好傳統文化，接受聖賢教育，奈何生性愚笨，所學未彼此相融。喜歡小動物和小朋友。

月光相思情

〈陳風．月出〉

汪意潔

初見此詩，心有所感，一日不見如隔三秋，如此真摯思念之情，如潮水般洶湧，令人動容。

月出皎兮，佼人僚兮。舒窈糾兮，勞心悄兮。
月出皓兮，佼人懰兮。舒懮受兮，勞心慅兮。
月出照兮，佼人燎兮。舒夭紹兮，勞心慘兮。

月兒出來多明亮啊！月下美人更是漂亮啊！舉止從容身姿輕柔啊！想得我心裡好發愁啊！月兒出來多潔白啊！月下美人更是嫵媚啊！舉止從容身姿嬌美啊！想得我心裡好生煩啊！月兒出來照耀四方啊！月下美人更是美好啊！舉止從容身姿苗條啊！想得我心裡好憂愁啊！

相思之情在《詩經》中有許多不同的呈現，此詩為男子愛慕一位女子，歌詠出如此動人雋永之樂章。詩歌言志，詩歌的本身就是抒發內心真實感受，本詩充分說明其特點，當看見自己喜歡的女子於皎潔月光下，情感便真實地流露，唱出了這一首歌。

詩共三章，每章四句，皆以「月出」一句起興，抒寫月光皎潔明亮；「佼人僚兮」，描寫月光下美人儀容之美；「勞心」一句，則抒發思而不得之憂思。此詩透過虛寫，將意境描摹得朦朧而空靈，予人一種寧靜幽遠之美感，月光灑落、清輝皎潔，歌者卻獨自黯然神傷，歌聲宛若天籟，飄散於一塵不染的夜色之中。詩中的美人，若真若幻，似夢非夢，究竟那倩影為真實？亦或僅是男子因愛慕而生之幻象呢？

陳子展《詩經直解》：「但覺其仙姿搖曳，若隱若現，不可端倪。」詩人藉由朦朧之月色，以朦朧之語言，寫月下情人朦朧之美，使我於虛實之間，彷彿也置身於其中，領會詩中那獨特之神韻。

詩人對於月亮含情脈脈之審美眼光，以及在冰冷自然景物下依然保有的溫情筆調，使我不禁想起了杜甫詩之名作——

〈月夜〉

今夜鄜州月，閨中只獨看。
遙憐小兒女，未解憶長安。
香霧雲鬟濕，清輝玉臂寒。
何時倚虛幌，雙照淚痕乾。

此詩也予以我對詩中人物之無盡想像，「香霧雲鬟濕，清輝玉臂寒」，此句勾勒出妻子籠罩於清光香霧中之倩影，真切地描繪出一個似乎近在身旁，卻又遠在天邊的幻象，虛幻朦朧卻又使人沉醉。

我想，這就是詩最動人雋永之處吧！詩人的情感演繹著人間的喜怒哀樂，其筆下的月亮，是如此的寧靜、皎潔、神祕，月灑銀輝，倩影迷離，盪著璀璨而永恆的波光。

作者小傳

汪意潔，東海大學中文系大三學生，喜好閱讀、歌唱、吟詠詩詞，感受從遠古時代吹來的和風，沉湎於美好的文學氛圍之中。

應酬心事人難知

〈小雅・鹿鳴〉

王安碩

《禮記・禮運》：「飲食、男女，人之大欲存焉。」告子也說：「食、色，性也。」在人類的生理條件下，吃可是件大事，俗語說：「吃飯皇帝大」，有天大的事都得先填飽肚子。而隨著文明演進，人們對於吃的食物、形式、規矩，甚至是目的，都越來越講究與規範；末代皇帝溥儀在《我的前半生》一書裡說：「耗費人力、物力、財力最大的排場莫過於吃飯。」可見吃飯，從單純滿足生理需求的果腹，到追求舌尖味蕾的享受，已漸漸超越生存的基本要求，而進入一種文化的意涵。故而在中國的傳統與文化裡，飲食除了單純的家人、朋友相聚，往往還被賦予許多「任務」；於是談公事要吃、結婚要吃、餞別迎來要吃，甚至養生送死，也得吃。而在〈小雅・鹿鳴〉一首詩歌當中，我們便看到一幅開心讌饗，賓主盡歡的景象：

呦呦鹿鳴，食野之苹。我有嘉賓，鼓瑟吹笙。
吹笙鼓簧，承筐是將。人之好我，示我周行。
呦呦鹿鳴，食野之蒿。我有嘉賓，德音孔昭。
視民不恌，君子是則是傚。我有旨酒，嘉賓式燕以敖。
呦呦鹿鳴，食野之芩。我有嘉賓，鼓瑟鼓琴。
鼓瑟鼓琴，和樂且湛。我有旨酒，以燕樂嘉賓之心。

在〈鹿鳴〉一詩中，參與讌饗之人，不論賓主，其樂融融，心情和暢。吃飯喝酒對詩中的人物而言，既是一種口腹之慾的滿足，同時亦是一種情感與公事的交流，而更由此形成一種「桌上辦事」的文化風俗。在中國，老祖宗們的飲食文化中，似乎所有大事，都得在飯桌上完成不可！想到此點，不禁令我莞爾，思索著：於滿足口腹之慾之外，讌飲被人類附加了許多文化、人情與儀式之後，是否已經走味？所有參與讌飲的賓客，心情都是如何？是否有樂意吃喝之人，也有著食之無味，巴不得早些離席的人？

年節時分，受到昔日小學同學之邀，參加久違的同學會，同學們二十多年不見，個個都有講不完的話，場面異常熱鬧，唯獨我覺得自己格格不入。試想，一群同學與你闊別二十餘年，各自有著不同的生活，不同的人生，彼此已有隔閡，縱然過往有再多回憶，若現時已無交集，除了回憶少時光陰，似乎再無可談；於是頃刻話盡，便覺場面冷清，只餘客套，對於不喜交際，難以虛情假意應酬的我而言，實在是如坐針氈，食不知味，巴不得快些離席！有了此番經驗，令我思考，飲食本為享受，老祖宗們因何緣故，賦予讌飲過多的「任務」，讓單純吃飯喝酒，成為各種人情世故、交際應酬的場合？

這又令我憶起前時看到的一則新聞，新的勞動制度一例一休施行之後，勞動部宣布公司行號年底尾牙應視作加班，老闆要照算加班費。此令一出，舉國嘩然，勞工們埋怨：「我辛辛苦苦工作一年，尾牙還要表演，吃頓飯也要當成加班，也太不自由了吧！」老闆們也怨言：「我花錢請客，還要再付員工加班費？吃頓飯也這麼麻煩，員工也有壓力，乾脆別吃，取消大家都輕鬆！」這雖是一件極為荒誕的政治趣談，但背後的含意還是值得玩味；當讌饗不再只是單純的吃飽，即便美食當前，還能使人輕鬆、毫無負擔的大快朵頤嗎？吃飯的興致，是否也會隨著觥籌交錯之間的人情、階級攻防而消失殆盡？〈鹿鳴〉詩中的人物，真的賓主盡歡嗎？有沒有人正在強顏歡笑呢？〈鹿鳴〉一詩中呈現的觥籌交錯、鼓瑟吹笙之景，想來是讌饗活動的後期，主客相敬，笑語不絕，一片和樂，但今人可曾想過，古人在可以坐下享用美食、美酒之前，可還有一大堆的儀式要進行呢！且看《儀禮．公食大夫禮》的記載：

> 公如賓服迎賓于大門內。大夫納賓。賓入門左，公再拜；賓辟，再拜稽首。公揖入，賓從。及廟門，公揖入。賓入，三揖。至于階，三讓。公升二等，賓升。大夫立于東夾南，西面北上。士立于門東，北面西上。……雍人以俎入，陳于鼎南。旅人南面加匕於鼎，退。大人長盥洗東南，西面北上，序進盥。退者與進者交于前。卒盥，序進，南面匕。載者西面。魚臘飪。載體進奏。魚七，縮俎，寢右。腸、胃七，同俎。倫膚七。腸、胃、膚，皆橫諸俎，垂之。大夫既匕，匕奠于鼎，逆退，復位。

由上舉文獻，我們可以看到，打從進門開始，不論賓主，就是你拜我拜，主人再拜，客人再拜稽首。主客還沒開始用膳，賓主就先拜成一團，不但拜個沒完沒了，同時每次互拜的方位、姿勢無一沒有各種規範，規矩甚是講究，真是令人應接不暇的「飯前運動」！更別提上菜之後，還要「西面北上，序進盥」、「卒盥，序進，南面匕」，不僅要排隊洗手，還要自己排隊切肉，更不用提之後還有一連串的主人拜、客人再拜等儀式。主人賓客，一頓飯下來，吃一口肉要拜，喝一口酒要拜，著實沒完沒了！我常想如我為主人座上之賓，恐怕還沒吃到飯，就先餓得軟手軟腳，如何行禮如儀？難怪聽說以前乾隆皇帝要請大臣吃飯，大臣個個面露愁容，百般不願赴宴，想來也是為了這些繁文縟節而苦惱；萬一是「鴻門宴」、「杯酒釋兵權」的不樂之宴，一不小心連命都給吃掉，更是得不償失。故而以此遙想〈鹿鳴〉詩中的座上嘉賓，是不是也都心思各異，沒有心情好好享受眼前的美食與美酒呢？

在經歷前述如此不自在的聚會，又想到古人讌飲的繁文縟節，令人更能體會歐陽修〈遙思故人〉所謂的：「酒逢知己千杯少，話不投機半句多。」其實何必非要滿堂盛宴、錦食美酒？三五好友一同相聚，把酒言歡，真心誠意，即使是粗茶淡飯、濁酒一杯，也能展現動人的情意，比起虛情假意的「酒桌會議」更令人嚮往，不是嗎？

作者小傳

王安碩，字仲偉，臺灣臺北人。天主教輔仁大學中國文學系、東海大學碩士、博士班畢業。目前為東海大學兼任助理教授。喜治文字、訓詁等考據之學，尤好先秦之學，期許有朝一日能將傳統文學之價值介紹與普羅大眾，廣為人知。

無父何怙？

陳昕琳

訃文上的墨水滲入我們的心臟，將之染成沉重的墨色，只能透過名為時間的雨水來洗刷。這是與你告別的第三年，卻也是第三次，我們與身邊的親人說最後一次再見。

星期一清晨，我們一行人便前往臺中殯儀館，只留奶奶與外勞在家看守，路上的氣氛並不凝重，但越是平常，越顯得怪異。家祭於八點開始，從至親的小孩依循著順序到最後的未亡人進行叩拜儀式，雖與大伯相處時間不長，平時也不甚親密，但在面對這樣的死別之時，卻也止不住內心的悲痛感受，一次又一次的叩拜，每一句的祭文，都像是咒語一般，召喚著塵封已久的記憶。

那是在你從安寧病房要轉到護理之家的第二天，你在安寧病房時的心跳就已經異常，聽著大人們談論著你心跳跳這麼快，最後一定會衰竭，離開醫院會很危險等等……但當時我並無他想，反正我只能聽從大人的命令，他們要你往東，我沒有分量說我希望你往西，一切，都遵照大人的旨意。

轉入的第一天，護理人員帶我參觀四周的環境，我已經沒有印象，唯一有印象的，是你的病床後面有著一扇窗，暖暖的陽光從窗戶照在你身上，一道道金黃色的光，像午後低垂的稻穗，營造出一股安詳又溫暖的錯覺。當你在護理之家都安頓妥善後，我們便安心地放你在那裡安養，卻不知道，與你相聚的時間實已所剩無幾。

隔天清晨七點多，家中的電話響了，是找我的。我急忙從床上跳起，衝到客廳接電話，電話的另一頭是二伯父，他以和緩安定的口氣叫我要有心理準備，你走了，要我過去現場，但不要急。一掛上電話，我用最快的速度，換好衣服，騎車前往你的所在。當我來到你的床前，你的身體已經失溫，我握著你的手，想感受你那最後的溫度。護理人員告訴我，人的聽覺是最後喪失的，所以現在跟你講話你還聽得見。當時的我止不住潸潸而下的淚水，只記得告訴你：「爸，你不要擔心，我會照顧好自己，你就安心的走吧。我愛你。」說完，我便再也擠不出任何一句話來，只愣愣的握著你的手，多希望你手心的溫暖就如你以往握著我的手一樣。窗外的陽光照在你身上，照著你逐漸退去溫度的身軀，陽光依舊溫暖，卻暖不了你我冷去的心房。

後來，大家都來了，有個長輩拍拍我的肩膀，說了：「節哀。」接著討論著後續相關事宜，沒有多久，便將你送上了救護車，我則坐在副駕駛座，前往殯儀館。接著是一連串的儀式，什麼都不懂的我，將一切後事都交由大人處理，我唯一負責的就是下課後到殯儀館待著，摺摺蓮花，有親朋好友來拈香時，我就在場答禮。一個人在靈堂前的時光，總會在腦海中串起一個又一個片段：

> 父兮生我，母兮鞠我，拊我畜我，長我育我，顧我復我，出入腹我。欲報之德，昊天罔極。

片段中，有著你帶我去看火車；片段中，有我們一起研究食譜，一起吃一頓屬於我們父女的燭光晚餐；片段中，有我因為你晚了好久才來接我下課而生氣；片段中，有你告訴我不要擔心補習費，我覺得需要就去補；片段中，有你告訴我一隻毛毛蟲的故事，叫我要有目標，朝著目標前進……在這些回憶背後，都是你對我付出無限的愛與包容，如今，你走得如此倉促，要我何以為報呢？每當回到家，尋不見你的身影，總會深深地吸氣，默默地長嘆。

> 無父何怙，無母何恃。出則銜恤，入則靡至。

當你不在身邊才發現，原來你的存在，能給我安定與依靠。如此任性的我，以後誰會包容我的壞脾氣呢？誰又會當我最穩固的靠山，給我最大的支持呢？然而，就算再怎麼努力地呼喊，終究喚不醒那已冰封的你。

這一切就像是夢一般，一直到了把你送上車以後，我的情緒才真正潰堤。在往火葬場的路上，眼淚像那綿長的梅雨，不斷的，細長的流著，到了這個時候我才了悟，我們這一別，即是天人永隔。火化後的你，被裝在我替你選好的骨灰罈裡，他們說憑直覺選，我想，這一定是你做的決定。你所剩的重量我揹在胸前，你在生命的末期，早已瘦成皮包骨，或許比我還輕，但不論多重，這是我第一次，也是最後一次，將你的重量擔在身上，而我將要帶著你爬上七層樓，帶你到你此生的最後一個住所，這也是我能為你做的最後一件事。

距離你離世，轉眼已三年。三年，也是古禮應為父母親守喪的年期，然而，三年過去了，心中的傷痕也逐漸癒合了，對於人在世間的來來去去也更加豁達了，已認清人與人之間的緣分實不能強求。現在的我將〈蓼莪〉細細讀來，只覺心中有股柔柔的思念，像你輕聲地教導；像每次與你離別時，你輕輕地摸著我的頭，不捨的說再見，想必詩中人當時如我吧！

作者小傳

陳昕琳，就讀東海大學中文系四年級，貪吃嗜睡，生平無大志，喜歡道家的處事態度，渴望能達到逍遙自在的人生境界。

「仁義的將軍」

〈六月〉

黃守正

有一天一名高中生好奇的問我：「為什麼經常看到電影裡的香港古惑仔、臺灣黑道兄弟都祭拜關老爺呢？」我笑道：「關羽是三國時期蜀國的將軍，其武藝高超而所向無敵，曾大破曹軍而威震四方，由於他為人忠直仁義，因此受後人推崇而尊為『武聖』。香港古惑仔、臺灣黑道兄弟平日成群結黨，常有打架鬥毆之事，又愛提江湖義氣，因此將關老爺尊為崇敬的神明，祭拜關老爺以自我勉勵。其實，關老爺以仁義而稱聖，絕不容許作奸犯科之事發生的。」學生若有所悟的說：「所以真正的用意是指當需要用到武力的時候，要以仁義之心來斟酌分寸，而不是逞凶鬥狠或以暴制暴。」我滿意的點點頭。

武力是一種具有傷害性的能力，若非有適當的拿捏，後果往往不堪想像。尤其天下大勢分合不斷，凡有野心家的掠奪侵犯，或在改朝換代之際，必有殺戮征伐之戰事。戰場中將軍的領導策略，往往在一念之間，就決定了千萬人的生命，而這千萬人背後又有著千萬個家庭。因此一位戰場上的將軍是否能心懷「仁義」來度量輕重，就顯得彌足珍貴。在《詩經》的〈六月〉中，我就看到了這個「仁義的將軍」。詩曰：

六月棲棲，戎車既飭。四牡騤騤，載是常服。
玁狁孔熾。我是用急。王于出征，以匡王國。
比物四驪，閑之維則。維此六月，既成我服。
我服既成，于三十里。王于出征，以佐天子。
四牡脩廣，其大有顒。薄伐玁狁，以奏膚公。
有嚴有翼，共武之服。共武之服，以定王國。
玁狁匪茹，整居焦穫。侵鎬及方，至于涇陽。
織文鳥章，白旆央央。元戎十乘，以先啟行。
戎車既安，如輊如軒。四牡既佶，既佶且閑。
薄伐玁狁，至于大原。文武吉甫，萬邦為憲。
吉甫燕喜，既多受祉。來歸自鎬，我行永久。
飲御諸友，炰鱉膾鯉。侯誰在矣？張仲孝友。

在人心悽惶的六月，整修兵車備戰。四匹雄健的馬，載著穿著軍服的士兵。猖狂的玁狁已入侵，我軍趕緊出兵守護。周王命我出兵征戰，消滅匪寇捍衛家邦。

四匹黑色的健馬，演練戰場的陣則。在炎夏的六月，士兵已備好戎裝。士兵穿戴上戎裝，日行三十里邁向沙場。周王命我出兵征戰，輔助天子對抗敵寇。

四匹高壯的健馬，身軀高大氣勢軒昂。快向前去攻打玁狁，快立下退敵的大功。將領威嚴而恭敬，謹慎的職守戰事。要謹慎職守戰事，才能保衛國家安康。

玁狁的戰力不可小看，軍隊駐紮到焦穫地帶。入侵鎬地和朔方，直深到涇陽。我軍掛起徽章高舉鷹旗，旗帶飄飄閃著日光。大型戰車有十輛，首開先鋒直奔沙場。

所有的兵車已備妥，安穩堅固性能好。四匹高大的健馬，既健壯又熟練戰事。齊心討伐玁狁，一直深入到大原地區。文武雙全的吉甫將軍，成為四方諸侯的好榜樣。

歸來後吉甫參加宴飲，接受諸多賞賜。吉甫對眾人說：「我從征戰回來，再從鎬京回到家鄉，與親友們真的分別太久了。」吉甫邀請大家飲酒，享用蒸燒鱉鯉美食。座上客人還有誰？是孝友遠播的朋友張仲啊。

《毛詩序》：「〈六月〉，宣王北伐也。」周室衰頽之際，四方蠻夷入侵，其中以北方玁狁最為兇猛，直到周宣王時，尹吉甫帶兵討伐玁狁而大獲全勝。這是一首描述戰爭情景及讚美英雄勝利的史詩，全詩六章，每章八句，從整裝備戰、出征迎敵、謹慎應戰、長驅擊寇、克敵功成、凱旋宴飲，不僅節奏井然的寫出了戰爭前後的景象，更巧妙的捕捉戰爭的緊張與慶功的歡欣。詩中主角是文武雙全的尹吉甫，他是史上「宣王中興」的重要功臣，也是《詩經》中〈崧高〉、〈烝民〉的作者，據說還是《詩經》的採集編纂者而有「中華詩祖」的美稱。

閱讀〈六月〉時，讓我印象最深刻的是一個高大的身影，一個「仁義的將軍」。詩中除了突顯尹吉甫的沉著應戰而克敵得勝，更讓我敬佩的是他「不追窮寇」的仁義之心。詩中提到「薄伐玁狁，至于大原。文武吉甫，萬邦為憲。」當玁狁敗逃至太原而出境時，尹吉甫不再窮追猛攻，方玉潤（一八一一至一八八三）《詩經原始》說：「蓋寇退不欲窮追也，此吉甫安邊良謀。非輕敵冒進者比。故當其乘勝逐北也，車雖馳而常安，馬雖奔而恆閑，何從容而整暇哉！及其回軍止戈也，不貪功以損將，不黷武以窮兵，又何其老成持重耶！所謂有武略者，尤須文德以濟之，非吉甫其孰當此？宜乎萬邦以為法也。」尹吉甫將軍指揮作戰時慎重而仁義的行徑，值得所有國家的將軍們效法。當出戰迎敵時，我方兵馬從容不迫，在得勝退敵後，不嗜血貪功冒進，能適時的停息戰事，讓敵我雙方不多增一兵一卒的死傷。這顯示尹吉甫的宅心仁厚，不僅能捍衛我方百姓的生活安全，更能超越敵我相對的侷限，不讓雙方的士兵多做無意義的犧牲，能立足於仁義之心真正為人民設想。元代朱公遷（約一三四一前後）《詩經疏義會通》說：「此章見興師之義，討所當討，所以為王者之師也。」尹吉甫出征是為了討伐入侵的玁狁，這是「討所當討」，合乎道義的出兵，當敵寇已潰退而出境時，不做無謂的廝殺而勞民耗兵，這正是「王者之師」的風範。

所謂「王者之師」，就如丘濬（一四二一至一四九五）《大學衍義補》說：「王者之兵，行一不義、殺一不辜而得天下不為，故惟能以眾正而後可以王也。蓋兵凶戰危，所謂險道也，非正不興師，非順不用眾，是謂王者之師。」出兵一定要有合理的名義，作戰一定要正當的動機，「王者之師」能本著仁義之心來決策戰爭時的因應之道，拒絕做出任何有違仁義之事，絕不傷害任何一個無辜的人，倘若「行一不義、殺一不辜」，即使能贏得天下也堅決不做。

歷史上許多可怕的戰爭屠殺，有時只是將軍的一個決定，就斷送了成千上萬人的生命，如「長平之戰」秦國將軍白起殘殺趙國降軍四十餘萬人，據《史記．白起王翦列傳》記載：「括軍敗，卒四十萬人降武安君。武安君計曰：『前秦已拔上黨，上黨民不樂為秦而歸趙。趙卒反覆。非盡殺之，恐為亂。』乃挾詐而盡阬殺之，遺其小者二百四十人歸趙。前後斬首虜四十五萬人。趙人大震。」這段文字讀來令人不寒而慄，「挾詐而盡阬殺」、「前後斬首虜四十五萬人」，這種陰險狠毒的暴行，在毛骨悚然之餘，更激起人們譴責撻伐之心。又如《史記．項羽本紀》：「楚軍夜擊，阬秦卒二十餘萬人新安城南。」驍勇善戰的楚霸王項羽，烏江自刎的結局雖讓人唏噓，但他阬殺秦卒二十餘萬人的殘暴虐行，實令人拍案怒罵想鳴鼓而攻之。

〈六月〉末章宴飲時提到「張仲孝友」，實有其特別的意義，如明末錢澄之（一六一二至一六九三）《田間詩學》說：「忠孝一也，士君子取友必以其類，視吉甫之友，則為吉甫者可知，世未有不孝而可以言忠，而可以勤王事成大功者也。」在民間信仰的傳說中，張仲為文昌帝君的前生，他的孝行廣為人知，宋朝時被敕封為文武忠孝仁德王。〈六月〉前五章寫出尹吉甫仁義英勇的勝戰是為國盡忠，末章則以「士君子取友必以其類」，藉由「張仲孝友」來烘襯尹吉甫也是個孝子，更彰顯了尹吉甫忠孝仁義的形象。

查找〈六月〉的諸家注本時，發現有個問題是注家們想辨明的，那就是凱旋歸來的宴飲尹吉甫是接受宣王邀請，還是在家鄉私宴。鄭玄（一二七至二〇〇）

說：「吉甫既伐玁狁而歸，天子以燕禮樂之……使其諸友恩舊者侍之。」而方玉潤則說：「燕飲私第，為獻詩之故。」這個問題在學術考據上有諸多不同的論述，然而在吟詠閱讀時，我則傾向兼容並蓄的體會，以期待有更多的啟發。如北宋范祖禹（一〇四一至一〇九八）《唐鑑》：「昔周宣王任賢使能，吉甫征伐於外，而王之所與處者張仲孝友也，夫使文武之臣征伐，而左右前後得正良之士，善其君心則讒言不至而忠謀見用，此所以能成功也，茍使憸邪之人從中制之，則雖吉甫無以成其功也。」范祖禹站在「善其君心則讒言不至而忠謀見用」的立場來解讀，自有其輔政意義，然參照范祖禹的說法，當尹吉甫在戰場退敵時，張仲正陪著周宣王關心戰情，同理可推，當凱旋歸來宴飲時，周宣王、尹吉甫、張仲這三人實有同時列席之可能。尹吉甫雖為征戰將軍掌管兵權，然過程中的謀略，應有適時的回報，最後決定「至于大原」凱旋而歸，應有上級的授可。若從「仁義」之胸懷來著眼，所謂君子「以友輔仁」，〈六月〉末章帶出「張仲孝友」，正警醒著人們「仁義之心」需有「仁義之友」來相扶持，詩中此處似乎不獨美尹吉甫，實則是與「張仲孝友」相得益彰，藉著「張仲孝友」轉出另一層的領悟。

美國前總統林肯（Abraham Lincoln, 1809-1865）有一句經典名言：「戰爭中沒有什麼好事，除了它的結束。（There is nothing good in war. Except its ending.）」

「武力」本為強制或傷害他人身體的激烈行動，非不得已絕不用之，想要運用得宜，唯有心懷仁義。〈六月〉裡的尹吉甫處處以仁義之心為士兵及人民著想，讓千萬人消除死亡的恐懼，讓千萬人能萌生幸福美好的未來。尹吉甫這位「仁義的將軍」，值得我們永遠的景仰與學習。因此，若想要防止一切武力帶來的災難，不論是抵制暴力或消弭戰爭，釜底抽薪的最佳的方法，就是讓所有人學會以仁義之心來權衡武力的運用。倘若不學仁義，甚至像黑道兄弟、古惑仔想為非作歹，又想請關老爺庇佑，這不僅令人斥責唾棄，更令人啼笑皆非，我想，關老爺只會儘早讓他們移送法辦而俯首認罪吧。

作者小傳

黃守正，東海大學中文所博士生，喜好閱讀、教學、學術、音樂。經歷國、高中國文教師，東海大學中文系兼任講師。

「公推的領袖」
〈公劉〉

黃守正

近年來國際間提倡「幸福指數」，講求個人在生活中各種條件的發展與滿足，才是個人及整體社會真正的幸福。如我國行政院所推行「美好生活指數」（Your Better Life Index）區分為「居住條件、所得與財富、就業與收入、社會聯繫、教育與技能、環境品質、公民參與及政府治理、健康狀況、主觀幸福感、人身安全、工作與生活平衡」等十一個領域。乍看這十一個領域，真令人眼花撩亂，但第一時間讓人困惑的就是「這要如何達成呢？」這絕非個人之力能實現，除了整體人民的素質提昇，首先需要一個優秀的執政團隊，一個英明的領袖。

翻閱古老的《詩經》，我在〈公劉〉的詩篇中看到了這個英明的領袖。〈公劉〉描述著周人公劉帶領族人，由「邰」遷移至「豳」開基立業的史實。據當代學者楊寬（一九一四至二〇〇五）《西周史》的研究，公劉應為「周族所建立的第一個國君」，也是「第一個有計畫營建國都的人」。由於他有計畫的營建國都，安排好一切農事、建屋、積蓄、祭祀、軍備等，人民感念他的恩德，於是心悅誠服的公推他為領袖。

〈史記．周本紀〉：「公劉雖在戎狄之間，復脩后稷之業，務耕種，行地宜，自漆沮渡渭，取材用，行者有資，居者有畜積，民賴其慶。百姓懷之，多徙而保歸焉。周道之興自此始，故詩人歌樂思其德。」處在戎狄地區的公劉，仍治理著先祖后稷的基業，從事農耕，巡察土地，從漆水、沮水渡過渭水，設尋各種物資供人民使用，讓外出的人有旅費，居家的人有積蓄。人民仰賴著這種幸福，百姓都感念他的恩惠，遠處的人也遷移來歸附他。公劉能得到族人的愛戴，擁護而歸順的民眾越來越多，其主因正是他幫人民規劃好生活中的一切，因此「民賴其慶」，人民仰賴著這種幸福，自然就萬民歸附，周族的興盛也從此開始，於是詩人作歌譜樂來懷念他的恩德。詩曰：

篤公劉，匪居匪康。迺場迺疆，迺積迺倉。迺裹餱糧，于橐于囊。思輯用光，
弓矢斯張。干戈戚揚，爰方啟行。
篤公劉，于胥斯原。既庶既繁，既順迺宣，而無永歎。陟則在巘，復降在原。
何以舟之？維玉及瑤，鞞琫容刀。

篤公劉，逝彼百泉，瞻彼溥原。迺陟南岡，迺覯于京。京師之野，于時處處，
于時廬旅。于時言言，于時語語。
篤公劉，于京斯依。蹌蹌濟濟，俾筵俾几。既登乃依，乃造其曹。執豕于牢，
酌之用匏。食之飲之，君之宗之。
篤公劉，既溥既長，既景迺岡。相其陰陽，觀其流泉。其軍三單，度其隰原，
徹田為糧。度其夕陽，豳居允荒。
篤公劉，于豳斯館，涉渭為亂。取厲取鍛，止基迺理，爰眾爰有。夾其皇澗，
溯其過澗。止旅乃密，芮鞫之即。

忠厚的先祖公劉，他感受到人民在戎狄間生活不得安居。於是為人民整田埂、劃地疆、囤食物、築穀倉。移居前包裹乾糧，按種類分裝成大袋小袋，團結人民齊心迎向光明。眾人準備好弓箭，高舉著長矛盾牌，開始動身邁向前方。

忠厚的先祖公劉，他選中豳地這片土地，百姓聚集越來越多，都心悅誠服的追隨而不再嘆息。他登至山頂，又走到平原，將何物帶在身上呢？有美玉和寶石，佩刀及鞘套上也鑲著閃亮的玉石。

忠厚的先祖公劉，他順著百泉岸邊，視察廣大平原。他登上南方山崗，發現京

這地方，京地的田野形勢極佳，於是決定在此安頓，開始建造住屋，人們熱烈的討論，談論著未來的規劃。

忠厚的先祖公劉，他就在京地建都。態度端莊有威儀，擺設筵席安置桌椅，請眾人依次就席入座。他先向豬神祭禱，再到豬圈抓豬，大家用葫蘆瓢喝酒，開心的吃食飲酒，此時公劉被尊推為英明的君主。

忠厚的先祖公劉，他開闢寬廣的土地，用日影測度山崗，探勘地勢情況，觀察水流動向。他組織軍隊分成三組，估量土地高低，開墾田地種穀糧。他又到西山去丈量，將疆域廣拓至整個豳地。

忠厚的先祖公劉，他將屋室建築於豳地，帶著眾人橫渡過渭水，採集粗石與細石來建屋，眾人因此而安居。住民與物資越來越多，在皇澗的兩岸，沿著河岸都蓋滿了屋舍，居住的人口逐漸稠密，一直延伸到內灣都是居民。

這是一首寶貴的史詩，全詩六章，每章十句。從遷都準備、挑選新地、建屋規劃、祭祀宴飲、增拓開墾到萬民依附，整首詩中可以深刻感受到公劉為族人全心付出的形象。六章均以「篤公劉」起句，「篤」《毛詩序》釋為「厚也」，意為人忠厚，也可解成「厚愛人民」。六章開頭都用讚嘆的口吻衷心稱揚這英明的領袖，表示人民真的感受到公劉的恩澤，如宋儒朱熹（一一三〇至一二〇〇）《詩集傳》：「厚哉，公劉之於民也，其在西戎，不敢寧居，治其田疇，實其倉廩，既富且強，于是裹其餱糧，思以輯和其民人，而光顯其國家，然後以其弓矢斧鉞之備，爰始啟行，而遷都於豳焉。」公劉的厚愛，實現在人民切身的生活上，不僅帶領周族人民走出困境，更有計畫的安排人民的新生活，奠定了周朝嶄新的基業。

公劉的執政理念不是宣揚空洞的口號，也不是信口開合的承諾，只是腳踏實地的為人民謀求生活的安定。韓國朝鮮時期學者李瀷（一六八一至一七六三）在《詩經疾書》寫到：「為邦之道，足食、足兵、民信之矣。『疆』、『埸』、『積』、『倉』，所以足食而裕內也。『弓矢』、『戚揚』，所以足兵而捍外也，徙居啓行而人從之，則民信可知，此周之所以肇基。」李瀷引用了《論語．顏淵》子貢問政中孔子所說：「足食，足兵，民信之矣。」滿足人民的生活物資是「足食而裕內」，軍備充足讓人民安全有保障是「足兵而捍外」，人民完全信任執政者而願意「徙居啓行從之」是「民信」，這完全符合了孔子為政治國的根本理念。

在〈公劉〉詩篇中除了看到英明的公劉為民謀福的形象，更讓人感動的是公劉「執豕用匏，以為民先」的典範，如李瀷說：「倉廩既實則用，雖優若不躬儉以示之，無以率民也。於是執豕用匏，以為民先，民安有不慕而効者哉？可謂知導率之方矣。」公劉不是只站在高臺上發號施令的人，而是能捲起衣袖，腳踩豬糞到豬圈抓豬，幫人民用葫蘆瓢倒酒，與人民生活打成一片的人。凡事能躬儉持身，能主動積極的「以為民先」的英明領袖。

德國政治社會學家韋伯（Max Weber, 1864-1920）在〈政治作為一種志業〉這篇重要的演講中提到：「政治，必須兼具熱情與判斷力，猶如木工使勁而緩慢的穿透硬木板。……一切的歷史經驗也證明了，若非再接再厲地追求在這世上不可能的事，那連可能的事也無法達成。」這段話讓人有很大的啟發，「判斷力」即是執政者的政治眼光與規劃能力，而「熱情」的意義則涵蓋了一切的執行動力，上從繁重的國事政令，下至為民抓豬倒酒，都要興致盎然的樂在其中。這不是短暫的隨興所為，實需長時間的耐力持續，就像木工使勁而緩慢的穿透硬木板，不但要判斷各種施力的方位與輕重，更要有熱情與再接再厲地的耐力去執行，一直持續直到最佳的成果出現。如詩中大量描寫公劉千里跋涉探勘環境的情況，「陟則在巘，復降在原」、「逝彼百泉，瞻彼溥原」、「迺陟南岡」、「既景迺岡」、「相其陰陽，觀其流泉」、「度其隰原」、「度其夕陽」，公劉反覆的察看地勢，顯示他對判斷力的重視與負責，而不厭辛勞的登山涉水，正展現他源源不絕的愛民熱情。

公劉的付出讓周族人銘感於心，人民基於愛戴之情而「君之宗之」公推他為領袖。當一個人被公推為領袖時，必定有其重要的原因，明末大儒黃宗羲（一六一〇至一六九五）在〈原君〉曾說：「有人者出，不以一己之利為利，而使天下受其利；不以一己之害為害，而使天下釋其害。此其人之勤勞必千萬於天下之人。夫以千萬倍之勤勞，而己又不享其利。」這個人不僅要為眾人興利除害，更要辛勤勞苦倍於他人，而自己又不能貪圖享樂，這已接近聖人的境界了，然而我們看到這個形象似乎就是令周族人民推崇的領袖——公劉。

韋伯說：「真正能讓人無限感動的，是一個成熟的人，真誠而全心的對後果感到責任，按照責任倫理行事。」所謂「對後果感到責任」、「按照責任倫理行事」，就是將心比心的為人民謀福，而非如野心政客不顧後果的亂開支票，或只陶醉在自欺欺人的浪漫感動中。公劉被公推為領袖，其關鍵在於他的付出得到了「民心」。如《管子》：「政之所興，在順民心。政之所廢，在逆民心。民惡憂勞，我佚樂之。民惡貧賤，我富貴之，民惡危墜，我存安之。民惡滅絕，我生育之。」想要得到民心，就要有誠意的幫人民解決一切的困難。人民厭惡憂心勞苦，我就設法讓他和樂；人民厭惡貧窮困賤，我就設法讓他富貴；人民厭惡危險災難，我就設法讓他安定；人民厭惡滅族絕後，我就設法讓他子孫永續綿延。一位真心愛民的領袖，他的言行及具體施政，絕對會讓人民感受到他的真誠，他會設身處地的站在人民的需求去規劃行政方向。

《毛詩序》解〈公劉〉說：「召康公戒成王也。成王將涖政，戒以民事，美公劉之厚於民，而獻是詩也。」認為這是一首用來告誡成王的詩，如鄭玄（一二七至二〇〇）說：「召公懼成王尚幼稚，不留意于治民之事，故作詩美公劉，以深戒之也。」召公希望年幼的成王在繼位執政時，能有學習的楷模。但有學者持反對意見，以為這是附會之說，如方玉潤（一八一一至一八八三）《詩經原始》說：「詩無戒辭，召康公亦未有據。」其實〈公劉〉不論是否告誡成王，我們都可以明顯的感受到一切對公劉的讚美，就等同是樹立典範，具有深切的政教功能。吳闓生（一八七八至一九四九）《詩義會通》：「欲其法祖以勤民，則驕淫之萌無自而生，古之大臣陳善閉邪之道故如此。而樸茂肫至、淳古敦龐之氣象，溢於經世理物之間，周家開國規模，可以想見。」學習先祖辛勤愛民，驕奢淫惰的惡習就不敢萌生，這實是臣子們在提醒君王時最佳的「陳善閉邪」之方。

每次讀到〈公劉〉這首詩，我總想起在日本有「經營之聖」稱號的稻盛和夫（一九三二至今），他所強調的經營理念是「追求全體員工物質和精神的幸福」，他提倡「一個成功的老闆，不是標榜公司賺了多少錢，而是讓每個員工都有滿滿的幸福感。」公劉被周族人民推崇而尊為領袖，正因為它讓人民感到滿滿的幸福。公劉的事蹟讓我們深刻的省察到，個人與群體相處時，唯有真心誠意的為他人設想，為他人付出，人們才會打從心底認同你。在我們生活周遭，每個人都擁有著不同的身分，在我們所屬的各種群體，不論是家庭內的兄長父母、學校裡的老師校長、公司中的經理主管，甚至是國家的縣市首長與領袖，讓我們效法公劉的精神，讓陪伴我們生活的人，都有著滿滿的幸福感。

作者小傳

黃守正，東海大學中文所博士生，喜好閱讀、教學、學術、音樂。經歷國、高中國文教師，東海大學中文系兼任講師。

舉起羽毛的人

趙詠寬

人物介紹

陽陽：電臺DJ，主持節目為「每日一詩」，其中「委屈大家說」單元深受聽眾喜愛。

陳同學：個性內向，腳踝骨折的高中生。

蔡先生：喜歡記錄自然、人文的攝影愛好者。

他：道德的絕對捍衛者。

員工A：有點憤世嫉俗的年輕人，希望擺脫命運的操弄。

員工B：有點隨遇而安的年輕人，座右銘是「逐步踏實」。

舉起羽毛的人

場01	日	內景／廣播錄音室
陽陽、陳同學		

陽陽：大家好，我是陽陽，歡迎回來收聽「每日一詩」。接下來是「委屈大家說」，現在開始開放Call In。好，首先來電的是臺北陳同學，陳同學您好，請說。

△陳同學的聲音由話筒中傳出。

陳同學：陽陽你好，那個……我可以說很沒有什麼的事嗎？

陽陽：當然可以啊！請說。

陳同學：就是我前天搭捷運，因為我腳踝骨折，所以坐博愛座……

場02	夜	外景／捷運車廂
陳同學、他、路人		

他：同學，你年紀輕輕坐什麼博愛座？起來！立刻起來！

陳同學：可是我腳踝骨折，你看，這是鋼釘，所以……

他：我叫你起來就起來，知不知恥啊你！無恥！垃圾！

△路人紛紛圍觀議論陳同學。

場03	日	內景／廣播錄音室
陽陽、陳同學、蔡先生		

陳同學：當時我被罵得很莫名其妙，到現在還忘不了他怒吼的樣子，然後大家就一直盯著我看，好像我十惡不赦一樣！我到底做錯了什麼？不過說出來好多了，陽陽，謝謝。

△陳同學緩緩掛掉電話。

陽陽：陳同學，謝謝您的來電。您沒做錯什麼！是您運勢不好，遇到道德魔人了。

希望您的情緒可以趕快好起來，也祝福您腳傷快點痊癒，加油喔！在此陽陽想順道跟大家宣導一下，博愛座是優先座，不是只限定身心障礙、老弱婦孺可以坐。如果車上沒有身心障礙、老弱婦孺的時候，博愛座可以就座，這樣車子走道可以多一點空間，也比較不會那麼擠。好，下一通電話是宜蘭的蔡先生，蔡先生您好，請說。

△蔡先生的聲音由話筒中傳出。

蔡先生：陽陽好，各位聽眾好。我想說的是前幾天我去○○拍櫻花，當我拍櫻花拍得正專心的時候，突然有人用雨傘戳著我的背……

場04	日	外景／○○農場
蔡先生、他、路人		

他：先生，你是不是偷拍我？

蔡先生：蛤？什麼？

他：你還在裝傻？你在偷拍我！

蔡先生：沒有沒有，我沒有偷拍你，我在拍櫻花，你看！

△蔡先生急忙把相機拿給他看。

他：你就是在偷拍我！還敢說沒有！你不知道鏡頭對到人很不禮貌嗎？你不知道你侵犯隱私權跟肖像權嗎？怎麼會有像你這樣道德低落的人啊？這裡有色狼、變態！有誰可以幫忙報警？報警！

△他尖叫嘶吼求救。

△路人圍觀指責蔡先生。

場05	日	內景/廣播錄音室
陽陽、蔡先生		

蔡先生：陽陽你知道嗎？那天人山人海，相機無論掛在脖子還是拿在手中，鏡頭很難不掃到人，而且我又不是向著人對焦。難不成要一直高舉相機，鏡頭朝向天空才能避嫌嗎？更慘的是那時候還有一些人跟著附和說什麼公眾場所、風景區本來就不可以拍到人，這樣侵犯隱私權、人權……雖然最後沒有被起訴，但那種當眾被當變態的感覺到現在還是揮之不去……相機給他看他又不看，一口咬定我就是偷拍他。只是去拍個花，怎麼會變這樣？以後我不敢再拿相機出門了，什麼生活記錄、地景記錄都不用了！不好意思，說了這麼多負面的東西。陽陽，謝謝你，謝謝。

△蔡先生迅速掛掉電話。

陽陽：蔡先生，謝謝您的來電，謝謝……您一定很難過，這真的是無妄之災！雖然我不知道這樣說適不適當，但我希望您不要因為這些人放棄攝影，太不值得了，真的！陽陽想跟大家囉嗦一下，不是每個拿相機的人都是偷拍色狼。鏡頭掃到你不一定是拍你，除非他相機鏡頭真的一直對著你不放，那才有可能是在拍你。攝影對於許多人來說，只是單純的生活記錄，並沒有任何想入非非的不良目的！好，我們接下一通電話……

場06	日	外景／貨車車頭內
員工A、員工B		

△員工A、員工B正收聽陽陽的廣播節目。

員工A：哇嗚！今天Call In的內容怎麼都這麼戲劇化啊！

員工B：是啊！蠻戲劇化的。

員工A：而且根本是「正義魔人」大發生嘛！

員工B：是啊！

員工A：今天的Call In如果剛好被外國人聽到，會不會以為臺灣人只會「明哲保身」、「愛莫能助」啊？

員工B：有可能喔！

場07	日	內景／廣播錄音室
陽陽		

△陽陽結束Call In來電。

陽陽：謝謝大家的來電，大家的委屈陽陽收到了，真是辛苦大家了。今天的**Call In**好巧，都是大家遇到不可理喻的道德魔人……其實陽陽也一直在思考，如果我遇見道德魔人要怎麼辦？我有那個勇氣與智慧去對抗他、反駁他嗎？

場08	日	外景／貨車車頭內
員工A、員工B、陽陽		

△員工A、員工B在收聽陽陽的廣播節目。

陽陽的聲音由貨車收音機中傳出。

員工A：啊那些道德魔人就只會欺善怕惡，柿子挑軟的吃啊！如果遇到壞人看他們敢不敢這麼「正義」？

員工B：是啊！

陽陽：這讓我想到埃及神話的記載，人死後靈魂會被帶去阿比努斯面前審判。阿比努斯是胡狼頭人身的死亡之神，祂會秤量亡者的心臟。如果心臟比天秤另一端的真理羽毛還輕，亡者即可得到永生。如果心臟比真理羽毛還要重，那麼亡者的心臟會被吞噬，受到制裁。

員工B：這類似的概念《詩經》曾經提過，道德有如羽毛輕柔，不過很少有人的道德能夠舉起羽毛，只有仲山甫才有辦法。

員工A：什麼意思啊？

陽陽：真正的道德與正義應該是如羽毛一般，不會讓人感到壓力、窒息。我覺得這些道德魔人的道德太沉重了。今天向大家分享一首古詩，這首古詩讓我們看見一位有德之人的作為，我現在唸給大家聽。《詩經．大雅．烝民》……

員工A：啊這不是你剛剛說的《詩經》？

員工B：是啊！我說的仲山甫就是出自這一首，好巧啊！

△陽陽朗頌《詩經．大雅．烝民》中。

△陽陽朗頌《詩經．大雅．烝民》結束。

陽陽：這首〈烝民〉的主角叫作仲山甫，他是周宣王的太臣。仲山甫雖然貴為大臣，可是他溫柔善良，和顏悅色。做事情也非常小心謹慎，符合禮節，不會太超過……

△陽陽在說明時，三分之一的畫面刷淡，打上：

仲山甫之德，柔嘉維則。令儀令色。小心翼翼。古訓是式，威儀是力。

員工A：啊怎麼可能有這種人啊？不說別的，你看總監！每天只會歇斯底里，大吼大叫摔東西還會幹嘛？

員工B：是啊！

陽陽：國內發生好事、壞事，仲山甫都很清楚。所以他每天從早到晚，都能有智慧地處理，並且不會讓自己沾了滿身腥。

△三分之一畫面刷淡，打上：

邦國若否，仲山甫明之。既明且哲，以保其身。夙夜匪懈。

員工A：啊這太誇張了啦！你看總監！公司發生事情一問三不知，只會得罪客戶。

你看！我們現在不就是去收他的爛攤子？

員工B：是啊！

陽陽：一般人往往欺善怕惡，恃強凌弱。不過仲山甫非常難能可貴，他絕對不會柿子挑軟的吃，也不會害怕惡勢力……

△三分之一畫面刷淡，打上：

人亦有言：柔則茹之，剛則吐之。維仲山甫，柔亦不茹，剛亦不吐；不侮矜寡，不畏強禦。

員工A：越說越誇張！你看總監！敢不敢跟老闆拍桌？不敢嘛！看我們好欺負，只會砍我們的特休假和績效獎金，還會幹嘛？

員工B：是啊！

陽陽：所以一般人的道德很少能托起羽毛的，只有仲山甫的德行才有辦法。

△三分之一畫面刷淡，打上：

德輶如毛，民鮮克舉之。我儀圖之，維仲山甫舉之。

員工Ａ：咦？這裡不是你剛剛說的羽毛？不過我有點不太懂，剛剛你不是說「舉」起羽毛，怎麼陽陽說「托」啊？

員工Ｂ：因為「舉」字在古代有往上托的意思，所以陽陽才說「托」起羽毛。

員工Ａ：可是托起羽毛不是很簡單嗎？怎麼好像說得很難？

員工Ｂ：可以這樣思考，真正有德之人，會散發溫暖的上升氣流，所以羽毛就會被上升氣流托起來。如果是道德魔人，只會發射冷酷的沉降氣流，羽毛會被壓得飄不起來。

員工Ａ：喔！原來是這樣。不過你不會覺得仲山甫的描寫太神話了嗎？

員工Ｂ：不會啊！因為我們可以期許自己，努力成為舉起羽毛的人啊！

員工Ａ：也是啦！

△員工Ａ、Ｂ看著前方微笑著。

終

作者小傳

趙詠寬，往返臺中、板橋、宜蘭的旅者。期許自己苟日新，日日新，又日新。

穩紮穩打，一步一步踏向理想。

文化生活叢書·藝文采風 1306018

詩經人物

主　　編　呂珍玉
責任編輯　蔡雅如
特約校稿　林秋芬

發 行 人　陳滿銘
總 經 理　梁錦興
總 編 輯　陳滿銘
副總編輯　張晏瑞
編 輯 所　萬卷樓圖書(股)公司
排　　版　游淑萍
印　　刷　百通科技(股)公司
封面設計　斐類設計工作室

發　　行　萬卷樓圖書(股)公司
臺北市羅斯福路二段 41 號 6 樓之 3
電話 (02)23216565
傳真 (02)23218698
電郵 SERVICE@WANJUAN.COM.TW
香港經銷
香港聯合書刊物流有限公司
電話 (852)21502100
傳真 (852)23560735

ISBN 978-986-478-081-5
2018 年 11 月初版三刷
2017 年 8 月初版二刷
2017 年 5 月初版一刷
定價：新臺幣 380 元

國家圖書館出版品預行編目資料

詩經人物 / 呂珍玉主編.-- 初版. –
臺北市 : 萬卷樓, 2017.05
面； 公分. -- (文化生活叢書)
ISBN 978-986-478-081-5(平裝)

1.詩經 2.研究考訂

831.18　　106005722